CATTURATA DAI BERSERKER

LEE SAVINO

LIBRO GRATUITO

Ricevi un libro segreto sui Berserker, "Allevata dai Berserker"
(solo per i fan più accaniti sulla lista e-mail di Lee=)
Vai qui per cominciare… https://geni.us/BredBerserkersIT

CATTURATA DAI BERSERKER

Sarà nostra prigioniera. Per sempre.

Tanto tempo fa, una strega ci ha trasformati in mostri. La nostra unica speranza è aspettare la donna che possa annullare la nostra maledizione.
Dopo un secolo, l'abbiamo trovata. Willow. Il nostro miracolo. È stata nascosta in un convento pieno di donne orfane come lei, mentre uomini malvagi complottano per venderla in sposa a un Re malvagio.
La faremo scappare. La libereremo dalla prigionia. E poi sarà nostra prigioniera, fino a quando non realizzerà che siamo fatti per stare insieme.

*N*ota dell'Autrice: questo è un romanzo completamente incentrato su un ménage MFM. Non ci sono scene M/M, soltanto due guerrieri sexy e dominanti che rivendicano la stessa donna *insieme...*

Ricorda di scaricare il tuo libro gratuito su https://geni.us/BredBerserkersIT!

WILLOW

Il convento si trovava sul fianco di una strada curvilinea.

Seguii il sentiero, affrettando il passo per assicurarmi di arrivare alle grandi porte in legno di quercia prima che suonasse la campana che segnava l'inizio delle preghiere serali. Ogni volta che venivo mandata al villaggio per sbrigare qualche commissione, il frate non si faceva mai mancare la solita raccomandazione di non fare mai tardi, di non restare fuori dopo il tramonto. Quella sera, però, non fu soltanto il tramonto imminente a portare i miei piedi a camminare più veloci, ma anche la Luna, ormai quasi piena e alta nel Cielo. Prima che arrivasse completamente in alto, era di vitale importanza che io fossi ben nascosta, per evitare di mostrare a tutti l'effetto che essa gettava sempre su di me ogni volta che arrivava.

Persa nei miei pensieri, trasalii quando un'ombra ostacolò d'improvviso il mio cammino.

«Buonasera», mormorò una voce profonda proprio dietro di me. Mi lasciai sfuggire un piccolo urlo, e il cesto che tenevo tra le mani cadde per terra.

Due grandi uomini erano fermi ai bordi del sentiero. Guerrieri, riuscii a capire, nonostante su di essi non portassero nessuna arma. Entrambi erano grandi, con spalle larghe e braccia muscoloso, ma in qualche modo non avevo fatto caso a loro fino a quando non avevano parlato. Anche in quel momento, sembravano in grado di confondersi con le ombre della foresta mentre si avvicinavano a me.

«Stai tranquilla, piccolina. Non stavo cercando di spaventarti.» Uno dei due, un uomo dai capelli rossi lunghi fino alle spalle, si avvicinò a me e afferrò il cesto che avevo lasciato cadere per terra.

«Tu non hai bisogno di *provare* a spaventare le donne, Leif», grugnì l'altro guerriero accanto a lui. «La tua faccia fa tutto il lavoro.»

Il rosso, Leif, ignorò il suo compagno.

«Ti chiedo scusa.» Il suo era uno strano accento, con una cadenza che riuscii a ricondurre agli Highland, la catena montuosa a molte leghe di distanza dal convento dove risiedevo io.

Con mani tremanti mi ripresi il cesto che aveva tra le mani, e lo portai sul mio petto. Gli occhi del guerriero scesero su tutto il mio corpo, fermandosi sui miei seni. Mantennero la distanza, e di questo ne fui grata: se avessero fatto anche solo un altro passo avanti, avrei buttato via il cesto un'altra volta e sarei scappata a gambe levate. Anche se qualcosa, dentro di me, mi diceva che se anche avessi corso, la mia fuga avrebbe avuto vita breve.

«Non ti ho spaventata troppo, vero?», mi chiese Leif, la testa inclinata di lato. Aveva un'espressione aperta, onesta, un viso gentile, marchiato da una cicatrice che rigava il suo mento e una bocca piena e lussuriosa.

Quando scossi la testa, lui mi scoccò un sorrisetto arrogante. «Vedi, Brokk? È una creaturina coraggiosa. Scommetto che è la tua brutta faccia a cucirle la lingua.» Mi fece l'occhiolino.

Le mie guance andarono a fuoco.

«Non la mettere in imbarazzo», mormorò Brokk, la linea dura delle sue labbra in netto contrasto con il sorrisetto arrogante dell'amico.

«E privarmi di quel rossore sulle sue guance? È come un bocciolo di rosa.» Quando Leif sorrise di nuovo, mi parve quasi di notare un accenno di zanne al posto dei canini, quasi curvati sui denti inferiori. «Sei adorabile, piccola.»

Le mie labbra si schiusero. Il mio cuore prese a battere all'impazzata, come un uccello in gabbia.

Il secondo guerriero si schiarì la gola. Non era bello come il suo compagno, ma il suo viso tirato e quell'espressione seriosa avevano il loro modo di attirare la mia attenzione, il loro modo particolare di poter essere considerati attraenti. «Perdonalo, ragazza», mi disse. «Leif è convinto di saperci fare, con le donne. Non gli permetterò di trattenerti ancora a lungo», mi assicurò, e anche se con le sue parole stava cercando di mettermi a mio agio, non riuscii ad evitare il passo indietro che i miei piedi fecero di loro volontà quando sentii la parola *trattenere.*

Con un suono basso e calmo, i due guerrieri si avvicinarono a me. La mia testa dovette inclinarsi indietro per poter continuare a guardarli.

Strinsi più forte il cesto che avevo tra le mani. I guerrieri bloccavano la mia possibile fuga, ma per qualche motivo, dentro di me non era paura, quella che sentivo. Il mio corpo si fece più caldo, quasi in risposta al calore che sembravano emanare i loro.

«Posso aiutarvi, signori?», gracchiai io. La mia gola era così secca che dovetti faticare per tirare fuori le parole. Forse, se mi fossi comportata in maniera educata, alla fine mi avrebbero lasciata andare.

«Vivi qui?» mi chiese Brokk, facendo cenno con il mento al convento dietro di me, la voce roca ma gentile.

«Sì, signore.»

«Come ti chiami?», mi chiese Leif.

«Willow», sussurrai io.

«Willow...» Leif sembrò tastare il nome sulla mia lingua, ed io mi sentii pizzicare in mezzo alle gambe. Mi s'inturgidirono subito i capezzoli.

«Willow», gli fece eco Brokk, e la sua espressione sembrò ammorbidirsi, con quel mio nome sulle labbra.

Il dolore ai seni si fece più insistente, e tra le mie labbra inferiori riuscii a sentire immediatamente dell'umido.

Leif alzò il viso, annusando l'aria con un gran respiro. Entrambi i guerrieri spostarono lo sguardo dritti sui miei occhi, e i loro si fecero quelli di due predatori, ormai fissi sulla loro preda. Io mi ritrovai a tremare tra di loro, persa in quegli sguardi dorati.

Il mio desiderio prese immediatamente vita, seguito subito dopo dalla paura di ciò che ne sarebbe conseguito.

«Non dovrei essere qui», sputai di punto in bianco. «Non dovrei parlare con voi.»

Il frate ci aveva avvertito che avremmo dovuto tenerci lontane dagli uomini sconosciuti. Ogni singola volta che gli capitava di trovarci a parlare con uno di loro, al villaggio, dovevamo sorbirci punizioni fin troppo pesanti da poter essere dette a parole.

Si sarebbe fatta notte molto presto, e con essa sarebbe arrivata la Luna piena. Dovevo andare via.

«Devo andare», sussurrai infatti. «Per favore.»

Per un attimo ebbi il tremendo sospetto che non mi avrebbero lasciata andare. Poi, però, Leif si fece da parte, e il sentiero per il convento fu di nuovo libero.

«Prenditi cura di te, Willow», mi disse Brokk, la voce un grugnito gentile.

«Noi ti guarderemo le spalle», aggiunse Leif. «Ci assicureremo che arriverai sana e salva alla porta. Del resto, in giro a quest'ora ci sono uomini pericolosi...»

Il mio cuore sprofondò di nuovo nel petto, e lui mi fece un altro occhiolino.

Per un secondo, mi sembrò di vedere oro pulsare dentro quelle sue iridi. Poi però andò via, lasciando gli occhi di un uomo normale.

Normale... se non fosse stato per quella faccia meravigliosa, per quel collo forte, per quei muscoli definiti a riempire i vestiti che portava addosso.

Con un piccolo cenno d'assenso, mi costrinsi a percorrere il sentiero che mi avrebbe riportata a casa.

UNA VOLTA DENTRO, fu soltanto la parete dietro di me a tenermi in piedi mentre tenevo premuta una mano sul mio petto, come se questa sarebbe stata in grado di far rallentare i battiti accelerati del mio cuore. Non mi era mai capitato di sentirmi in quel modo di fronte un uomo, prima di quel momento—neanche con Joseph, l'apprendista del fabbro giù al villaggio che si era sempre premurato di scoccarmi sorrisi gentili ogni volta che passavo di lì. Mi portai le mani davanti agli occhi, osservandole tremare. C'era qualcosa, in quei guerrieri... il modo in cui sembravano non essere in grado di togliermi gli occhi di dosso... il mio corpo prese a tremare un'altra volta, e quasi pensai di riuscire a sentire il sangue arrivarmi al cervello. Era quasi come se avessi aspettato una vita intera soltanto per quell'unico incontro.

Ma cosa mi stava succedendo? Avrei dovuto chiedere a quei guerrieri da dove fossero sbucati fuori, che cosa volessero da me. Avrei dovuto fare qualcosa, *qualsiasi cosa* invece di restare lì, ferma come un palo, la faccia rossa e il cuore impazzito.

Raggi di luce filtrarono dalla finestra colorata sopra la mia testa, colorando le mie mani di rosso. Che stupida. Quell'incontro non significava assolutamente nulla. Alcuni guerrieri di passaggio avevano trovato una ragazza innocente, piccola e spaventata, e si erano divertiti un po'. Avrebbero riso insieme sopra a quell'incontro, e poi mi avrebbero dimenticata.

Io, invece… io avrei pensato a loro a lungo, e la mia pelle impura e malvagia sarebbe andata a fuoco ancora e ancora a quel pensiero. Nell'oscurità fredda, camminai nel corridoio di pietra, oltrepassando il santuario, il viso basso e gli occhi intenti a non fissare i dipinti dei santi sopra la mia testa. Avevo visitato il santuario abbastanza volte da conoscere quelle facce a memoria, in ogni caso. Perfette, e ben più in alto di me. Una brava ragazza si sarebbe messa in ginocchio e avrebbe chiesto perdono per aver anche solo avuto l'audacia di fermarsi a parlare con uomini belli come quelli che mi avevano fermata. Ma per i pensieri che avevano riempito la mia mente quando mi ero ritrovata intrappolata tra i due… nessun numero di preghiere avrebbe potuto assolvermi da quei peccati.

Ma perché c'ero abituata, poggiai per terra il cesto che avevo tra le mani e m'inginocchiai di fronte la statua della Vergine Maria, posta sul fronte dell'altare, la sua espressione pura e serena. Quando ero grande, fingevo che fosse lei la mia vera madre. Pregavo ogni singolo giorno per delle risposte, per ricevere sollievo da quella malattia che non aveva fatto altro che prendermi da quando ero diventata donna. La Chiesa insegnava che la sofferenza ripuliva l'anima; ed anche quelle mie preghiere, quel mio bisogno di scacciare via il dolore, mi rendeva una donna debole e peccatrice ai loro occhi.

Perché sono così? Quanto ancora dovrò soffrire?

Non c'era nessuna risposta che riuscii a trovare, in quella faccia bellissima e intarsiata.

«Willow», mi chiamò una voce bassa. Una giovane donna si avvicinò a me dalle ombre. Sage, una delle mie amiche più strette in orfanotrofio. Io e lei eravamo state portate in abbazia quasi allo stesso momento, ed avevamo la stessa altezza e lo stesso corpo minuto. Nonostante i miei capelli fossero scuri e i suoi fossero chiari, a volte mi trovavo a pensare che potessimo davvero essere sorelle.

«Hai finito le tue mansioni?»

«Sì», le risposi, la voce bassa per evitare che rimbombasse in quello spazio cavernoso.

Una volta avevo chiesto alle suore per quale motivo delle statue e dei dipinti avessero la possibilità di risiedere in un posto tanto bello e curato, quando a noi ragazze veniva offerto soltanto un dormitorio comune…

Mi erano bastati pochi round di punizioni corporali per capire che la Chiesa permetteva il lusso solo ai ricchi e ai morti.

«Verrai, stasera, ai Vespri?», mi chiese Sage.

«Non posso. La Luna ormai è quasi piena.»

Sage annuì. Anche lei soffriva della mia stessa malattia, anche se in maniera meno frequente rispetto a me. La mia, invece, si faceva sempre più forte ad ogni nuova Luna.

«Tieni.» Mi porse un tovagliolo su cui era stato avvolto del cibo. Le suore non ci permettevano di mangiare fino a quando non avessimo finito le preghiere, ma dovendomi nascondere per la sera, io non avrei potuto mangiare in ogni caso.

«Devo comunque andare a fare visita al frate», le dissi, facendo un gesto verso il cesto che avevo con me.

Sage lo prese da terra. «Ci andrò io.»

«È di pessimo umore da quando Hazel è scomparsa.»

«Starò bene» mi assicurò lei, il mento alzato.

Senza dire nulla, presi il suo braccio e alzai la manica, ispezionando i lividi che erano ancora lì. I segni non potevano essere stati fatti da nient'altro che la presa troppo forte di un uomo su una pelle troppo chiara e fragile. Ero certa che ne avrei trovati di altri ancora peggiori sulle sue gambe, ma conoscevo Sage abbastanza da sapere che avrebbe odiato la mia pietà più del tocco indesiderato del frate.

Lasciai andare il suo braccio. «I venditori ci hanno dato un bel po' per le erbe. Ad uno di loro farebbe piacere ricevere un altro po' di quella lozione che hai creato per i dolori di schiena.»

Con un sorriso tirato su quel viso adorabile, Sage annuì soltanto prima di andare via. Io pregai ancora, quella volta per Sage, perché il frate fosse abbastanza soddisfatto dal ricavato delle nostre vendite da non pensare ad altro che quello. Il lavoro che facevamo, cucire e occuparci delle erbe, e i soldi che ricavavamo dalle vendite del nostro lavoro era ciò che ci permetteva di restare, eppure il frate in qualche modo trovava sempre un motivo per lamentarsi di quanto gli costassimo. Soltanto Sage era in grado di calmarlo, perché lui aveva sempre preferito quelle più piccole e fragili, e soprattutto quelle bionde. Temevo il giorno in cui si sarebbe stancato di Sage e avrebbe spostato lo sguardo su quelle più piccole.

Che Dio le aiuti, pensai, solo per sbuffare subito dopo. Era una battuta; avevo vissuto in quel convento abbastanza da sapere che se Dio aiutava qualcuno, quel qualcuno non erano gli orfani. Soprattutto se erano donne.

Un Sole rossastro andò calando su in Cielo mentre mi affrettavo verso il giardino, accompagnata dal canto soave delle suore. Qualche anno fa mi sarei fermata ad ascoltare, a chiudere gli occhi ed immaginare che fosse mia madre a cantare quelle note per me. Un bel sogno, che non era nient'altro che quello; perché la mia vera madre mi aveva abbandonata un secondo dopo avermi dato alla luce.

Scivolai dietro i cespugli, avvicinandomi alla botola chiusa dove venivo sempre a passare le mie notti peggiori. Dentro la botola, dietro alcuni barili che usavamo per dipingere i tessuti, io e Sage avevamo attaccato una catena compresa di manette attorno ad una grossa roccia. In pochi minuti mi sarei legata da sola a quelle manette, e avrei passato così il tempo necessario alla febbre per andare via.

Il posto si trovava in mezzo alla foresta, vicino al ruscello gorgogliante, e i rumori della foresta erano abbastanza forti da coprire i gemiti e gli urli che scappavano dalle mie labbra quando la febbre raggiungeva il suo picco. Nessuno sarebbe venuto in questa parte del giardino a notte fonda, comunque, ma—solo per evenienza—Sage si occupava sempre di tenere tutti alla larga.

Poggiai il cibo vicino a me, troppo nervosa per poter mangiare. Avrei dovuto mettermi in ginocchio e pregare; invece, presi a camminare. In poche ore avrei dovuto legarmi in modo tale da non permettere alle mie mani di scivolare tra le mie gambe, anche se il dolore, il *bisogno* sarebbe stato insopportabile, la mia mente tormentata da sogni, dal desiderio di mani forti sopra di me, intente ad accarezzare la mia pelle. la mattina dopo, Sage sarebbe venuta a liberarmi dai miei sogni malsani e febbricitanti.

Il mio corpo già tremava, eccitato dalla chiacchierata avuta con quei due guerrieri prima. Il solo pensiero fece scoppiare il calore dentro di me, un fuoco pulsante che lasciò una scia bagnata in mezzo alle mie gambe. La prima scintilla sarebbe presto diventata una brace, e avrebbe acceso dentro di me un fuoco che piano piano si sarebbe trasformato in Inferno.

Un giorno avrei trovato il coraggio di avvicinarmi ad un uomo e parlargli, flirtare come Leif aveva fatto con me.

Saremmo andati dentro la foresta e ci saremmo spinti l'uno contro l'altra, le sue grandi mani pronte e possessive sulla mia pelle. E dopo ci saremmo distesi sull'erba fredda, stretti insieme come petali di rosa.

Con un sospiro presi le catene. Il ferro freddo mi punse le dita.

Il rumore improvviso di metallo contro metallo, però, mi fece fermare di colpo. Non proveniva da ciò che avevo in mano, ma da fuori. Qualcuno aveva trovato il mio nascondiglio.

Trattenni il respiro, aspettando, ma nessuno entrò dentro la botola. Il frate era diventato molto più attento e sospettoso da quando Hazel, una delle nostre sorelle, era scomparsa. Era appena entrata in calore, e aveva avuto il coraggio di sfidarlo. Noi avevamo dato per scontato che fosse andata via perché venduta ad un uomo, ma nessuno ne era certo. E il frate aveva preso Sage a colpi di bastone quando lei aveva raccolto il coraggio per chiederglielo.

Luce scura s'infiltrò tra le crepe della porta di legno. Il tramonto si stava avvicinando. Se fossi stata scoperta adesso, avrei potuto dire che ero venuta soltanto per dipingere i tessuti. Poggiai di nuovo per terra le manette, e avvicinandomi aprii la porta, uscendo nell'aria fredda e scura della sera... e lì, mi pietrificai.

File e file di guerrieri si avvicinavano al convento, camminando sull'asfalto senza emettere un singolo suono. Erano pieni di armi, asce e spade e coltelli attaccati alle cinture che portavano in vita. La poca luce ancora presente, però, mi mostrò le loro mani, ed erano libere.

Mi preparai ad urlare, ma la voce non lasciò mai le mie labbra. Un palmo ruvido si chiuse sopra la mia bocca, e l'unica cosa che uscì fuori dalla mia bocca fu un rumore ovattato.

«Ciao di nuovo, Willow», mi sussurrò una voce profonda all'orecchio.

Incredula, sentii il mio corpo irrigidirsi. La voce, e quelle braccia forti chiuse intorno al mio corpo appartenevano al guerriero dai capelli rossi. Il suo amico dai capelli neri, invece, era al suo fianco, e aveva la fronte aggrottata.

«Portala via di qui», gli disse quest'ultimo, facendo un cenno con la testa.

Il mio urlo di protesta morì sulla mano di Leif, ed io lottai e scalciai con tuta la mia forza, ma senza nessun risultato. Il guerriero mi prese tra le braccia, stringendomi forte, e mi portò più in fondo dentro la foresta.

«Calmati, piccolina.» Ciocche rosse mi solleticarono le guance quando Leif si piegò a sussurrarmi nell'orecchio. «Sei al sicuro, adesso. Il pericolo si sta avvicinando inesorabile al convento, ma ci penseremo noi a salvare le tue amiche.»

Pericolo?

Perché mai un battaglione di guerrieri armati fino al collo vorrebbe attaccare un convento pieno di ragazze innocenti? Forse il frate aveva fatto un torto a qualcuno di potente, istigando la loro furia?

Nonostante i miei sforzi, il guerriero continuò a trasportarmi dentro la foresta fino a quando gli alberi non cominciarono a nascondere la vista del convento ai miei occhi, la sua torre a scintillare sotto l'ultima luce del giorno. Mi lasciai andare tra le sue braccia, sperando di fargli abbassare la guardia. Forse non era ancora troppo tardi per scappare e avvertire Sage. L'avrei trovata al dormitorio, a quell'ora, intenta a leggere alle più piccole, oppure intenta a preparare un boccale di birra per il frate con la speranza di farlo ubriacare abbastanza da non riuscire ad approfittarsi di lei. Sapevo che, intorno a mezzanotte, sarebbe strisciata fuori dal convento per venirmi a controllare. E non mi avrebbe trovata.

13

Ma per allora, sicuramente anche lei sarebbe stata presa.

Con la gola secca, mi ritrovai a singhiozzare silenziosamente contro il palmo di Leif.

«Sh, piccolina, va tutto bene.» Mi mise giù, tenendomi comunque stretta contro il suo petto ampio. «Sei in pericolo, tu e le altre profetesse. Siamo venuti a salvarvi.»

Lasciai che i miei occhi si chiudessero, e che le gambe si facessero più molli. Prima di poter cadere, Leif mi prese tra le braccia, ma quando provò a mettermi in una posizione migliore io mi liberai dalla sua presa.

Non riuscii a fare che due passi prima che lui mi prendesse di nuovo. Persi la testa, e cominciai a lottare contro di lui per liberarmi. Non per me; avrebbero potuto portarmi dovunque volessero, ma se fossi riuscita ad avvicinarmi al convento abbastanza da poter anche solo urlare, far sapere alle mie sorelle che dovevano scappare…

«Oh, no, non lo farai» grugnì Leif, alzandomi di nuovo. La sua mano si chiuse sulla mia gola. Strinse, come per avvertirmi, e anche se la stretta non mi tolse l'aria del tutto, fu abbastanza per farmi zittire. Brokk si avvicinò in quel momento.

«Mettila giù, presto. Bendala. Non possiamo rischiare che avverta qualche guardia vicina.»

«Stai calma.» Leif mi scosse. «Non sei in pericolo, Willow. Devi solo obbedire.» Mi spinse per terra, lo stomaco sull'erba, e strinse i miei polsi insieme prima di legarli dietro la schiena. Quando provai ad urlare, Brokk mise qualcosa dentro la mia bocca.

«Non sta andando come avevo pensato…», mormorò Leif.

Io gemetti, piangendo per tutto il tempo. Poi Leif si sedette con me tra le sue braccia.

«Ecco qui. Sana e salva.»

Io lo fissai, cercando di scacciare via il sapore amaro della pelle che avevo in bocca. Lasciai andare un ringhio gutturale —una farsa. Perché il resto del mio corpo tremava di paura.

«Vuoi combattere contro di me, Willow?» mi prese in giro il guerriero, spostando una ciocca di capelli dal mio viso con sorprendente delicatezza. Io mi spostai dal suo tocco.

«Basta», ordinò Brokk, avvicinandosi. Il suo ordine mi fece irrigidire. «Non ti permetteremo di farti del male da sola.» La freddezza nel suo tono e nel suo sguardo mi fecero venire subito voglia di obbedire.

«Non siamo venuti qui per farti del male, Willow», mi disse nuovamente Leif.

Io li guardai, incredula. Ero seduta, legata e imbavagliata, e tremante. Una giovane donna catturata nella foresta da due guerrieri, con gli arti indolenziti e la pelle ricoperta di brividi. E il vestitino estivo che avevo addosso non faceva assolutamente nulla per coprire il mio corpo dall'aria fresca della notte.

«Vorrai sapere perché ci troviamo qui», disse Leif, interpretando il mio sguardo. «Non aver paura, Willow. Verrai delucidata a tempo debito.»

Un urlo si alzò in aria. Proveniva dal convento.

«Diamine. Diamine!» Leif si alzò, portando il mio corpo con sé.

«Vai al punto di ritrovo, Leif. Io vi raggiungerò dopo», gli disse Brokk, e poi corse verso il resto dei guerrieri.

Spinsi i tacchi sul terreno per fermarlo, ma Leif mi prese immediatamente di peso, spingendomi oltre la sua spalla. Con la sua mano grande posò uno schiaffo sulla mia natica, ed io provai a liberarmi di nuovo.

«Stai ferma, adesso», mi disse. Io mi feci di gelatina un'altra volta, quella volta sul serio. Lottando anche solo per trovare la forza di alzare la testa, non potei fare altro che osservare Brokk e i suoi compagni guerrieri avanzare per attaccare casa mia.

* * *

Leif non sembrava fare nessuna fatica, portandomi sulle spalle in silenzio dentro la foresta. Il suo passo si fece più veloce quando ci avvicinammo ad un campo aperto. Eravamo ben più lontani di quanto io fossi mai andata in vita mia. Sage ed io avevamo parlato spesso della possibilità di fuggire via, ma non eravamo mai andate oltre la botola che avevamo designato come nostro rifugio.

L'ultima luce della sera scintillò tra gli alberi quando il guerriero mi mise sui miei piedi un'altra volta. Io lo guardai dalle ciocche di capelli che mi ricoprivano il viso.

«Acqua?» mi chiese, offrendomi la borraccia legata alla sua cintura.

Io scossi la testa.

«Vorrà dire che ne avrò di più per me.» Svuotò completamente la borraccia, la sua bellissima gola intenta ad ingoiare con un movimento fin troppo seducente.

Quando si spostò per toccarmi, io schizzai indietro con così tanta forza che le foglie sotto i miei piedi mi volarono tutt'intorno.

«Sh, sh», provò a calmarmi. «Fammi togliere il bavaglio.» Alzò le mani davanti a sé, come stesse cercando di domare una bestia selvaggia. «Ho la tua parola che, se la tolgo, non proverai ad urlare?»

Lo fissai. Le sue parole si strinsero dentro di me, ed io provai a capirne il senso dentro il mio cervello fin troppo stanco. Ero prigioniera, legata a due uomini a molte leghe di distanza da casa mia, ed ero alla totale mercé di quell'uomo.

Leif si inginocchiò di fronte a me.

«Non urlerai», mi disse. «Perché se lo fai, ci saranno delle conseguenze. E a me potrebbero anche piacere, quelle conseguenze, ma posso assicurarti che a te piaceranno meno. E poi»—il suo tono estremamente gentile—«Anche se dovessi urlare, non c'è nessuno in giro che possa sentirti. E non c'è nessuno che proverà a portarti via da me.» Per un attimo, il suo sguardo sembrò farsi più scuro. Avrei tanto voluto chiudermi a riccio.

Invece, gli permisi di togliermi il bavaglio senza dire nulla, e quando fui finalmente libera gli sputai in faccia. Lui scattò indietro, sbattendo le palpebre, sorpreso.

«*Codardo*», sibilai. «Ti diverte, rapire ragazze innocenti?»

Si asciugò la guancia. «Oh, sì», mi disse, con quel suo sorrisetto arrogante. Non sembrava arrabbiato per quello che avevo fatto, piuttosto divertito dalla mia rabbia.

«Lasciami andare», gli ordinai, cercando di liberarmi dalla corda. Dovevo pur fare qualcosa. Quel guerriero incombeva su di me, tre volte più grande, e tutto muscoli. Mi aveva promesso di non farmi del male, ma sarei stata una stupida a fidarmi di lui.

Giusto?

«Ti libererò», mi disse, «quando sarò sicuro che non scapperai da me.»

Girai la testa dall'altro lato per un momento. Non avevo paura; non di lui, almeno. Le mie guance erano arrossate, il mio corpo più caldo a causa della sua vicinanza. Sotto il materiale leggero del mio vestito, i miei seni erano pesanti e pulsanti, e l'unica cosa che volevo in quel momento era poterli mettere a nudo contro l'aria fresca della notte.

Quando incrociai di nuovo lo sguardo del guerriero, la scarica elettrica che mi pervase il corpo fu così forte che per un attimo temetti di essere sbattuta indietro. Chiusi gli occhi, ma troppo tardi per riuscire a nascondere il desiderio che danzava dentro di essi.

Quella volta, quando le sue dita si avvicinarono per scostarmi i capelli via dal viso, io non mi allontanai dal suo tocco.

«Che cosa vuoi da me?», gli chiesi, e anche la mia voce era bassa e roca.

I suoi occhi dorati sembrarono prendermi tutta in un solo boccone.

Fece scivolare il pollice sul mio labbro inferiore. «Tutto», mi sussurrò. «Voglio tutto ciò che hai da darmi, e anche di più.»

LEIF

*L*a mia piccola prigioniera mi guardò negli occhi, la fronte aggrottata. Neanche quello riusciva a renderla meno bella. I suoi capelli scuri le incorniciavano quel viso meraviglioso, il suo corpo pieno di curve era soffice e soddisfacente... ma era il suo atteggiamento ribelle a farmelo venire duro come la pietra.

«Tutto ciò che hai da darmi», le dissi. Lei non poteva sapere a cosa mi riferissi, ovviamente, ma io non riuscii a frenarmi dal dire la verità. Il viaggio verso la sua sottomissione era cominciato nel momento in cui l'avevamo presa. Prima avesse capito, prima le cose si sarebbero fatte più semplici.

Il nostro amico Knut aveva avvertito me e Brokk di come sarebbe stato quando avremmo trovato la nostra compagna, e di come avremmo dovuto comportarci con lei.

«Dovete farle i complimenti», ci aveva detto il guerriero. «Dire cose dolci e gentili. Essere delicati.»

Ma nel calore del momento, quando l'avevamo salvata, era stata la Bestia a venir fuori, tra la nostra naturale propensione alla battaglia e la nostra naturale propensione a reclamarla, farla nostra. Anche in quel momento dovetti far ricorso a tutte le mie forze per non gettarla per terra e sprofondare il cazzo dentro di lei. La Bestia voleva già marchiare la nostra donna, legarsi a lei ancor prima di permetterci di portarla dal branco. Perché anche lei sapeva che se non avesse deciso di legare con noi per allora, c'era la possibilità che gli Alpha ce la portassero via...

Calmo, fratello. Brokk si fece strada nella mia mente. *Devi mantenere il controllo.*

Mandai giù il commento che avrei voluto fare. Brokk aveva ragione, ed io lo sapevo. Il modo fermo in cui teneva a bada la sua Bestia era l'unica cosa che mi aveva tenuto a galla in tutti quegli anni.

Sei davvero sicuro che sia lei, quella giusta per noi?, mi chiese, e quel pizzico di speranza che riuscii a sentire nella sua voce fu l'unica cosa che mi tenne dalla risposta tagliente che stavo per dargli.

Nella mia testa, vidi ciò che stava succedendo dove si trovava lui. Brokk era fermo vicino al posto dove avevamo trovato la nostra preziosa ragazza, intento a guardare i Berserker portare via le donne che avevano scelto. Alcune delle ragazze si allontanavano con loro silenziosamente, strette tra le loro braccia. Altre continuavano a piangere mentre i Berserker le portavano via. E alcune, anche se stranamente rare, continuavano a lottare per liberarsi dalla presa forte dei guerrieri.

Ci sono tante donne tra cui poter scegliere, mi disse Brokk.

Lo sai tanto quanto lo so io che questo pomeriggio è stato il suo odore a farci avvicinare. E il suo coraggio, nascosto sotto la sua paura. Questa ragazza è forte.

Scopri di più sul suo conto. Brokk ruppe il nostro collegamento prima di sentire la mia risposta. Io mi lasciai scivolare addosso il suo tono rude. Il mio guerriero fratello ci eravamo trovati in disaccordo molte volte, nel corso degli anni, e la maggior parte delle volte ero stato io a vincere alla fine. Presto, anche lui sarebbe stato certo quanto me di quanto Willow ci appartenesse davvero. Sempre attento, quello che voleva era assicurarsi che quella che avevamo trovato fosse davvero la compagna giusta per noi.

Le compagne sono per sempre, mi ricordò. *E dobbiamo assicurarci di scegliere quella giusta.*

E noi ne vogliamo una forte. Una che sia in grado di portare in grembo dei figli, gli risposi io. *Figli, e qualche piccolina dai capelli rossi in grado di rendere grigi i miei.*

La sua risatina roca riecheggiò dentro il legame, facendomi sentire meglio.

La ragazza era ancora seduta per terra, la testa inclinata, intenta ad osservarmi.

Quando tirai fuori il pugnale, lei si fece immediatamente pallida.

«Stai tranquilla, ragazza» dissi con il mio accento da Highlander. Brokk, io e la maggior parte dei guerrieri Berserker provenivamo dalle Terre del Nord, ma dopo esserci stabiliti in quest'isola, io mi ero ritrovato a preferire il modo di parlare degli uomini della montagna. Quando tagliai via le corde che la tenevano stretta, Willow sembrò finalmente rilassarsi. Le presi le braccia e feci scivolare le dita sulla sua pelle, fino ai polsi, massaggiando i segni rossi lasciati dalle corde.

«Se non avessi lottato, avremmo potuto evitare di legarti.» Le voltai la mano, lasciando un bacio veloce sul polso, proprio dove riuscivo a sentire battere il cuore. «Certo, se non avessi lottato, mi sarebbe venuto ancora più difficile convincere Brokk a sceglierti.»

«Sceglermi?»

«Sì», risposi. «Per essere la nostra compagna.»

Si chiuse in sé stessa, il viso pallido sotto le lentiggini.

Non mi piacque l'espressione terrorizzata che le bagnò il viso.

«Non avere paura», la tranquillizzai, anche se dentro di me sentivo la Bestia lottare per avere il completo controllo, per uscire fuori e proteggere quella ragazza spaventata che avevo davanti. «Brokk ed io ci prenderemo cura di te. Anche in questo momento, lui si sta chiedendo cos'è che mi renda così certo che sia tu quella giusta con cui legare... ma io lo so che hai la forza che serve per essere la nostra compagna.»

Le porsi la borraccia un'altra volta, un'offerta di pace. Quando lei la prese, le mie dita sfiorarono le sue, e il suo odore riempì l'aria.

«Brokk mi prenderà in giro per essermi fermato così in fretta, ma voglio che tu metta qualcosa sotto i denti, e poi voglio darti la possibilità di conoscerci meglio prima di continuare il nostro viaggio. C'è qualcosa che ti attrae a noi. Lo senti anche tu, non è vero?»

Lei strinse le labbra insieme.

«Testarda... mi piace. Non c'è bisogno che tu dica nulla, comunque; la tua risposta la posso annusare nell'aria.»

Lei abbassò la testa, le guance improvvisamente rosse.

È quasi in calore, osservai con Brokk. *Mi chiedo se lei lo sappia.*

Chiediglielo.

Aprii la bocca per porle la domanda, e nello stesso momento venni colpito dall'acqua ancora presente nella borraccia. Per quando riuscii a rimettermi in piedi, la mia piccola prigioniera era riuscita a mettersi di nuovo sui suoi e a correre dentro la foresta.

WILLOW

*I*l battito del mio cuore a rimbombare dentro le mie orecchie, corsi dentro la foresta. Dietro di me, sentii il guerriero dai capelli rossi ringhiare, e il mio passo si fece più svelto, a piedi nudi. Al frate non piaceva spendere soldi in cose utili per gli orfani, e i miei piedi si erano ormai abituati a camminare senza nessuna protezione, i calli come prova delle lunghe camminate che facevo senza. Scattai dentro la foresta. Alcuni mesi prima che Hazel scomparisse, lei e Sage ed io avevamo preso a rincorrerci più volte, un modo innocente agli occhi di chiunque ci guardasse per allenarci a scappare via quando ne avremmo avuto l'occasione.

«È stata una cattiva idea, piccola.» Il ringhio arrivò dritto sul mio collo. Io urlai, nascondendomi dietro un albero, sotto i suoi rami. Sentii Leif imprecare, il rumore dei suoi vestiti svolazzare per la corsa. Pregai con tutta me stessa di riuscire a sfuggirgli, perché, adesso, quella punizione di cui mi aveva parlato sarebbe stata tre volte peggiore di quella iniziale.

La mia corsa si fece piena di curve dentro la foresta, fino a quando non mi ritrovai in campo aperto, nella strada. I miei piedi si fermarono sul sentiero quando notai di essere arrivata ad un incrocio. Da un lato, sarei tornata al convento, e avrei potuto avvertire le mie compagne prima di essere catturata un'altra volta. Oppure avrei potuto continuare dall'altra parte, e vedere quanto sarei riuscita a mantenere la mia libertà.

Esitai, e quella fu la mia disfatta.

«Ti ho presa, adesso.» Il guerriero si gettò verso di me, e prendemmo a rotolare nel terreno. Mi prese da terra, portandomi di nuovo sulla sua spalla.

Impazzita, lo morsi fino a quando sulle labbra non sentii il sapore del sangue.

«Basta.» Mi diede uno schiaffo sulla natica, e il rumore riverberò dentro di me con una potenza tale da farmi tremare. Urlai, e il mezzo delle mie gambe prese a pulsare.

«Così, brava», disse, stringendo quella stessa natica in una presa ferrea. «Ne ho altri pronti, se non ti comporti bene. Hai spezzato la tua parola.»

Lottai per liberarmi, e lui mi rimise giù, con così tanta forza da togliermi l'aria dai polmoni.

«Imparerai a comportarti bene», mi disse, prima di legarmi i polsi un'altra volta.

«Oh, per favore...», sbuffai.

«Adesso preghi?» Legò le mie mani di fronte a me, poi fece scivolare un pezzo di stoffa intorno al mio collo, stringendolo forte tra le sue mani. Lo spinse in avanti, stringendo la presa di più sul mio collo.

«Per favore, non farlo.» Le mie guance si fecero immediatamente rossa. Legata, umiliata, sentii l'eccitazione e il calore farsi spazio in mezzo alle mie gambe. La Luna si stava facendo sempre più alta nel Cielo. Il mio calore avrebbe preso presto il controllo sopra il mio corpo. Io *dovevo* andarmene. «Farò la brava.»

«Sì, lo farai. Legata e al guinzaglio accanto a me.» Mi fece avvicinare tirandomi dal collo, e la sua espressione si fece felina. «Ti insegnerò ad essere pronta e al comando per me, e a ringraziarmi per questo privilegio.»

«Verrò con te», promisi, stringendo di colpo la stoffa tra di noi. «Per favore, lo farò. Solo... dimmi se le mie amiche sono al sicuro.»

Lui sbatté le palpebre più volte, come confuso.

«Sì, piccola», mi disse poi. «Non devi temere. Sono al sicuro. Il branco le ha prese solo per prendersi cura di loro e tenerle in salvo.»

Chiusi gli occhi. «E allora verrò con te e farò ciò che dici.» *Per ora.*

Ci fu una pausa, e quando aprii gli occhi trovai il guerriero intento a studiare il materiale intorno al mio collo. Poi prese uno degli anelli d'argento intorno al suo braccio e lo portò sul mio collo, chiudendolo intorno ad esso. Il materiale mi rinfrescò la pelle con cui entrò a contatto, ma tutto il resto del mio corpo si fece immediatamente più caldo, le scintille a corrermi lungo tutto il corpo al suo tocco, alle sue attenzioni.

«Ecco fatto.» Slacciò le corde, attaccandole al collare intorno al mio collo, invece. Un collare e una corda, come un cane. E il mio corpo traditore si eccitò immediatamente.

Le mie mani si chiusero a pugno, ma anche se fossi stata in grado di sconfiggere un guerriero così bravo, non sarei stata in grado di combattere lui e i miei desideri allo stesso momento.

Leif fece un passo indietro con un sorrisetto.

La mia mascella si tese. «Per quanto, allora, dovrò essere tua prigioniera?»

Lui mi spinse più vicina, ed io spinsi i talloni sul terreno. «Per sempre», disse, inclinando la testa di lato.

Mi morsi il labbro. Mi sarei presa un po' di tempo, e nel frattempo avrei pianificato la mia fuga.

«Vieni, ragazza.»

Mentre mi spingeva avanti, io volsi lo sguardo dietro di me, ma non avevo più la visuale neanche sulla torre del convento. Non potevo vedere più niente. Era divertente il fatto che avessi sognato di scappare da lì per anni, e adesso ero fuori, ma legata ad un guerriero che mi stava trascinando via.

«Da una forma di schiavitù all'altra», mormorai a bassa voce.

Lui in qualche modo riuscì comunque a sentirmi. «Compagna, non schiava», corresse. «Brokk si chiede perché la mia Bestia abbia scelto te, ma per me è molto semplice. Sei una ragazza coraggiosa.»

Io scossi la testa in diniego, e lui mi scoccò un sorrisetto. «Certo che lo sei. Lo sei abbastanza da sfidarci.» Abbassò il viso verso di me. «E a me piace quando combatti», sussurrò, dandomi un buffetto sul mento prima di tirare nuovamente la corda e riprendere a camminare. «Andiamo, adesso.»

Lo seguii. Lui si fermò e riprese a camminare parecchie volte, come per testarmi. Qualche volta contemplai l'idea di piantare i piedi per terra e oppormi, ma invece rimasi ferma e lo seguii, obbediente come avevo promesso. Avrei aspettato il momento più propizio per scappare.

Mi leccai le labbra più volte prima di trovare il coraggio di parlare di nuovo. «Dove mi stai portando?»

«A casa, dal branco. Sulle montagne», mi disse. «Anche se stanotte dovremmo passarla da soli nella foresta.»

La sera scese su di noi, e la Luna prese a crescere alta sul Cielo.

«Perché eri fuori da sola, in quella botola?», mi chiese.

«Mi stavo nascondendo dalle suore e dal frate.» Prima che lui potesse chiedere altro, però, parlai di nuovo. «Che cosa gli farete?»

«All'uomo di chiesa e alle altre donne?»

«Sì.»

«Alcune di loro sono profetesse come voi ragazze, quindi saranno portate dal branco come tutte voi. Le altre saranno liberate, se i Berserker le troveranno innocenti. Ma se scoprono che vi hanno maltrattate, allora saranno punite. Distrutte, anche, se è il caso.»

Inciampai sui miei passi, e lui mi afferrò dal braccio per non farmi cadere. Io mi staccai dalla sua presa immediatamente.

«E il frate?», chiesi. Lui ci aveva maltrattate tutto il tempo.

Nel buio, i suoi occhi sembrarono luccicare. «Vedremo.» Il suo tono si fece cupo. «Sei preoccupata per la sua sorte?»

«Sono preoccupata per la mia», risposi. «E per quella delle mie sorelle.»

«Non devi preoccuparti per loro. Sono salve. Adesso, e per sempre.»

«Come schiave.»

Lui si fermò sui suoi passi, girandosi verso di me, torreggiando con il suo corpo enorme. Feci un passo indietro.

«Ascoltami bene, ragazzina, perché non voglio più ripeterlo. Tu e le tue sorelle siete salve, adesso, più al sicuro di quanto siate mai state nella vostra vita. Potete aver paura, questa notte, ma quando sarete reclamate non ci sarà più nulla da temere, e lo vedrete anche voi. Verrete trattate con il massimo rispetto, e verrete custodite con cura.»

Un'onda di piacere mi scosse interamente. «Come puoi dire una cosa del genere? Siete venuti nel bel mezzo della notte e ci avete prese... non è una cosa che da molta sicurezza.»

«Eppure non sento nessuna paura, nel tuo odore», mi disse. «E il tuo odore non può mentirmi. Mi dice che sei... impaziente.»

Arrossii, e mai più di quel momento desiderai di potermi

nascondere da quel suo sguardo intenso. Il mio corpo mi aveva tradita un'altra volta.

Con un dito, alzò il mio mento per incontrare i miei occhi. «Non è nulla di cui provare vergogna, piccolina. Sei pronta per i tuoi compagni, e ci vuoi. Presto, il tuo Calore ti reclamerà.»

«Come fai a saperlo?» Mi leccai le labbra, gettando uno sguardo alla Luna un'altra volta.

«Ogni quanto viene, questa febbre?»

«Una volta al mese.»

«E per non fare nulla, ti incateni dentro quella botola.»

Io annuii. «Devo. Un'altra delle ragazze è scappata, una volta. Il frate ha dovuto rincorrerla nel villaggio. Ha punito tutte noi, quella volta, e lei... non l'abbiamo più rivista.» O Hazel, che era sparita subito dopo averci rivelato ciò che il frate aveva fatto a quella ragazza che era scappata.

BROKK

Lo sta combattendo, mi disse Leif con il nostro legame. Io alzai la testa. Il buio era calato sul convento; c'era soltanto la luce dentro una finestra a illuminarla. Alcuni Berserker erano ancora lì, a controllare le profetesse. Avevano legato le suore rimaste, e sarebbero rimasti tutta la notte a fare loro la guardia. Le avrebbero lasciate libere al mattino. Avevamo solo quella note per prendere le nostre compagne e riportarle sulla montagna.

È già persa nel Calore dell'accoppiamento... potrebbe volerci un po', però, a convincerla che appartiene a noi.

Non abbiamo tempo per i giochetti, Leif. Tu sei convinto che lei sia la nostra compagna, e allora occupatene. Hai una lingua d'argento. Usala.

Silenzio. Ultimamente, io e Leif ci eravamo ritrovati sempre più frequentemente in disaccordo l'uno con l'altro, le nostre reciproche Bestie a provocarsi a vicenda per farci arrabbiare. Una compagna ci avrebbe aiutato a metterle a tacere. Doveva. Se la Bestia di Leif, o la mia, o entrambe, si fossero liberate... nessuno dei due sarebbe riuscito a sopravvivere.

Dobbiamo ritornare sulla montagna, provai a ragionare con il mio fratello guerriero. *Lo stregone che ha messo insieme tutte queste donne potrebbe essere vicino in questo preciso momento, e potrebbe provare a riprendersele.*

Ha paura, Brokk. Il frate che le teneva lì dentro le puniva per il loro Calore, e dovevano nascondersi da lui per questo. È per questo che l'abbiamo trovata vicino quella botola.

Mi sentii investire immediatamente dalla rabbia. *Il frate è ancora dentro il convento. Rolf e Thorbjorn lo stanno ancora interrogando. Fammi chiedere a lui se quello che dici è vero.*

La risposta di Thorbjorn mi arrivò nella mente fumante di rabbia.

Sembra essere peggio di così, riportai a Leif immediatamente. *Il frate è ripetutamente venuto meno alle sue promesse o ai suoi compiti dettati dallo stregone e le ha usate per il suo piacere prima di mandarle dal Re Cadavere.*

Per un momento, entrambi dovemmo combattere per contenere la nostra Bestia. Il pelo prese a crescermi sulle braccia, il mio corpo pronto alla Trasformazione.

Leif mi mandò un'immagine nel nostro legame—la donna con lui, Willow, in piedi dietro accanto a lui, una corda a pendere dalla collana intorno al suo collo, il mento alzato e la schiena dritta. Così piccola e coraggiosa, si lasciava guidare da Leif per la foresta scura.

La proteggeremo, mi disse Leif. *È al sicuro, al mio fianco. Dimenticherà le sue paure pian piano che la abitueremo al nostro tocco.*

La mia Bestia sembrò calmarsi. Per quanto ancora tremassi di rabbia all'immaginare la nostra donna con le mani di quel viscido frate addosso senza il suo consenso, sapevo che Leif l'avrebbe protetta.

Il frate è vicino all'esalare il suo ultimo respiro, dissi a Leif. *Anche da questa lontananza riesco a sentire le sue urla e le sue preghiere per avere misericordia. Thorbjorn e Rolf non gliene mostreranno alcuna.*

E un secondo dopo, le sue urla cessarono completamente.

Brokk, mi chiamò una voce profonda dentro la mia testa.

Thorbjorn, risposi. *Le avete portate tutte fuori?*

Tutte tranne una. Una ragazzina piccola e bionda. Il suo nome è Sage. Il calore nel suo tono fu tutto ciò che mi servì a capire che era già perso per lei.

Assicurati di reclamarla prima di ritornare sulla montagna, gli dissi, e con un sorrisetto presi a camminare verso la foresta quando una puzza infernale di marcio m'investì le narici.

Mi fermai sui miei passi, ritornando sul campo.

Una nebbia leggera si faceva avanti sulla strada di fronte a me, e nascoste dentro di essa centinaia di figure longilinee si facevano avanti.

Draugr. I servitori del Re Cadavere erano arrivati per prendersi le nostre donne.

Aprii il legame mentale con il branco.

Il nemico si sta avvicinando. Andatevene via adesso!

WILLOW

entre il guerriero si occupava di accendere il fuoco, io mi strinsi accanto a lui, le braccia legate e le gambe piegate. Nonostante fossi legata, Leif si era assicurato di non farmi stare scomoda, e aveva aperto un sacco a pelo su cui poi mi aveva fatta sedere, prendendo qualcosa da mangiare da dentro il suo zaino e una coperta di pelliccia con cui coprirmi.

Il freddo sembrava essersene andato, lasciando spazio ad una serata calda e bella, eppure io mi ritrovai a tremare. Non per il freddo. Più la Luna si faceva alta nei Cielo, più il Calore si faceva forte dentro di me. Sarei stata completamente indifesa contro la sua presa, la mia intimità pulsante, il sudore a scendermi lungo il corpo e i gemiti a lasciare le mie labbra…

«Calmati, piccolina», mi disse Leif senza guardarmi. «Riesco a sentire quanto sei eccitata da qui.»

Stringendo le gambe insieme, lasciai andare un gemito di frustrazione. «Non mi lascerai andare?»

Lui mi guardò negli occhi per un momento. Tutta la speranza che avevo ancora dentro andò via quando incontrai quello sguardo dorato pieno di eccitazione. Mi strinsi in me stessa. Ben presto, non sarei più stata in grado di pregarlo di lasciarmi andare. Il Desiderio dentro il mio corpo sarebbe stato tale e quale al suo, e avrebbe consumato la mia mente, la mia anima. Quante notti mi ero ritrovata a sognare di avere un uomo come lui accanto per soddisfare la mia sete? Quante volte lo avevo sognato avvicinarsi nella notte, il suo tocco delicato e forte. Tutto di quella sua forma muscolosa e perfetta sarebbe stato in grado di soddisfarmi. Saremmo stati insieme, ogni singolo tocco una promessa troppo forte da poter essere detta a parole. E la mattina ci avrebbe trovati stretti insieme, io al sicuro tra le sue braccia.

Il mio sospiro lasciò le mie labbra come un gemito.

Quando alzai di nuovo la testa, gli occhi del guerriero erano di un dorato brillante.

«Se continui così, ti metterò a quattro zampe immediatamente e non risponderò più delle mie azioni, piccolina. Abbiamo giurato di non toccarvi fino a quando non foste state pronte, ma c'è un limite a ciò che un uomo può sopportare.»

Abbassai la testa, cercando con tutte le mie forze di tenere le mie emozioni a bada, ma non riuscii a non sentire il rivolo bagnato che mi solleticò le cosce.

«Non è colpa mia», sussurrai, ma la Luna non faceva altro che farvi più alta nel Cielo. Quando il Calore mi avesse presa del tutto, come avrei fatto a spiegare?

«Sarà meglio che Brokk arrivi in fretta», mormorò il guerriero, continuando ad occuparsi del fuoco. La sua figura era ancora più bella sotto la fioca luce del fuoco. Era l'uomo più bello che avessi mai visto in vita mia. Gambe lunghe, spalle larghe, un profilo tagliente ed elegante.

Mi leccai le labbra. «Avete giurato?»

«Sì.» Vidi i muscoli delle sue guance fare un piccolo guizzo. «Tutti quanti.»

Si alzò, e non potei fare a meno di notare il rigonfiamento in mezzo ai suoi pantaloni.

Lui si schiarì a gola, ed io forzai i miei occhi a salire nuovamente su. «Che cosa vuoi da me?»

Leif aprì le labbra come per rispondermi, ma poi le richiuse, la sua testa a scattare di lato. Un secondo dopo saltò in piedi e spense il fuoco.

«Vieni, piccola» disse, tirando le mie corde e facendomi alzare.

«Che cosa succede?»

«Il nemico è arrivato.» Il fumo prese ad alzarsi dal fuoco ormai morto, e i contenuti del suo zaino erano gettati per terra tutti intorno a noi, ma Leif prese a correre e non si fermò per nulla. Continuò a spingermi davanti a lui, inoltrandoci nella foresta. Piansi più volte quando sentii rami degli alberi graffiarmi le braccia, ma neanche quello fu abbastanza per farlo rallentare.

«Che nemici?»

Leif mi portò verso la strada. E fu allora che lo sentii—sibili. Arricciai il naso alla puzza di marcio che mi arrivò dritta alle narici.

«Il Re Cadavere», mi disse, prendendo a correre più velocemente. «Sta venendo a prenderti.»

LEIF

*S*ono qui, dissi a Brokk dal nostro legame. *I Draugr. Li sento avvicinarsi nel sentiero.*

Brokk imprecò. *Anche io li ho alle calcagna. Siamo circondati.*

Spinsi la donna al mio fianco per terra, ad accucciarsi dietro un grande masso. Con la strada sbarrata e senza più via di fuga, dovevamo trovare un posto per nasconderci. Come avevano fatto ad arrivare così in fretta?

Il perimetro doveva essere stato messo sotto sorveglianza. Ma non aveva importanza il *come*, non più ormai. Tutto ciò che importava, adesso, era mettere Willow in salvo.

Non mi andrai contro sul suo essere la nostra vera compagna o meno? Scherzai, ma la risposta di Brokk mi arrivò seriosa e cupa come al solito.

Dopo. Quando avremo il tempo di farlo.

Non mi misi a discutere. Non avrei dovuto essere sorpreso, comunque, di trovare Brokk diffidente nei confronti di quella nostra possibile compagna, a prescindere da quanto tempo avessimo passato a sperare di trovarne una in primo luogo.

«Cosa—» cominciò Willow, ma io spinsi una mano sulla sua bocca.

«Silenzio. Si sta avvicinando qualcosa.»

Il posto che avevo scelto per nasconderci mi dava visuale sulla strada. La nebbia continuava ad avanzare sul sentiero, strana da vedere in una notte così calda e serena. Imprecai a bassa voce. Il Re Cadavere doveva conoscere incantesimi abbastanza forti da influenzare persino il clima.

Feci scivolare una mano sul collo di Willow, spingendo il suo viso contro il mio petto. «Stai in religioso silenzio, piccola. Lo so che non ti fidi di me, ma ho bisogno che tu mi creda se ti dico che in questo mondo circola un Male più grande di ciò che tu possa immaginare, ed io ti prometto che farò tutto ciò che posso per tenerti al sicuro e lontana da esso.»

Invece di resistermi come temevo avrebbe fatto, Willow si strinse più forte contro di me. Abbassò la testa, ed io presi ad accarezzare i suoi capelli, tentando di calmarla.

Passò un altro minute, e la nebbia si fece più fitta sul sentiero. Il sibilo sembrò farsi più alto. Qualsiasi cosa stesse venendo verso di noi correva più veloce di quanto pensassi. Più veloce di quanto potessi immaginare gli Uomini Grigi camminare.

I brividi mi ricoprirono immediatamente il corpo.

«Ferma, piccola.» Spinsi Willow sul terreno, coprendo il suo corpo con il mio. L'aria che mi accarezzava il collo si fece immediatamente gelida, e mi ritrovai incapace di respirare quando la puzza di marcio si fece più forte intorno a noi. Sopra le nostre teste i rami degli alberi presero a scricchiolare, piegati dal vento che si era alzato improvviso. La Bestia dentro di me si fece più vicina alla superfice, pronta a combattere contro il male intorno a noi.

Aspettai che il vento passasse e la foresta si facesse di nuovo silenziosa.

«Okay. È passata.»

Accanto a me, Willow respirava a fatica, il suo cuore a battere all'impazzata dentro il suo petto.

«Che cosa era quella cosa?»

«Non lo so» le risposi, sincero. «Il Re Cadavere ha molto potere.»

«Okay...» I suoi denti presero a sbattere contro il freddo. Avrei tanto voluto avere una di quelle mantelle di pelliccia con cui poterla coprire, ma nella fretta di scappare via avevo lasciato tutto ciò che avevo con me indietro. Era stato così stupido da parte mia credere che fossimo al sicuro abbastanza da poterci fermare per la notte.

La mia mano si alzò di sua volontà per scostarle una ciocca di capelli dal viso. Se solo avessi focalizzato la mia attenzione interamente su questo, sarei riuscito a sentire il sangue dentro le sue vene scorrere attraverso il suo corpo, correre dolcemente e in libertà come un fiume fa verso il mare.

Se avessi poggiato la mia bocca sulla sua gola, il suo battito avrebbe preso a battermi sulla lingua, invitando le mie zanne a venir fuori.

La mia spina dorsale si fece immediatamente tesa, il mio corpo scosso dalla magia della Trasformazione. La Rabbia mi invase immediatamente, bianca e calda e deliziosa, un'ondata di potere magico pronta a trasformarmi in una Bestia forte abbastanza da spezzare i Draugr—e molto di più. Sbattei le palpebre più volte, e tutto intorno a me si fece rosso. In nuovo nemico si era fatto più vicino di tutti gli altri, lì in quel nascondiglio insieme a noi. Quel nemico, però, stava cercando di scappare dalla gabbia dentro la mia testa.

Brokk. Cercai di raggiungere il mio fratello guerriero dal nostro legame. *Ho bisogno di te.* Avevamo passato un secolo ad aiutarci a vicenda per tenere le nostre Bestie sotto controllo. Sapeva cosa sarebbe successo se la mia si fosse liberata, e non avrebbe mai negato di aiutarmi, non importava quanto fossimo in accordo o disaccordo in quel momento.

Sto arrivando, fratello. Mi sembrò di sentirlo correre veloce come il vento dentro la foresta, il disperato bisogno di raggiungermi in tempo. *Resisti. Non perdere il controllo.*

Spinsi le unghie sui miei palmi, sentendole trasformarsi velocemente in artigli taglienti e pericolosi. Più di cento anni ad aspettare la donna che avrebbe potuto liberarci da quella nostra maledizione, e adesso che finalmente l'avevo qui al mio fianco, poteva essere ormai troppo tardi.

WILLOW

«Resta ferma qui», grugnì Leif prima di scattare in piedi. Poi legò la corda che avevo ancora al collo attorno ad un piccolo albero. «E stai in silenzio, non importa cosa tu veda.»

«Aspetta!» urlai. Qualcosa era cambiata, in lui. La sua forma era ingobbita e rigida, ogni suo muscolo teso. «Stai andando a combattere contro di loro?»

Lo vidi fermarsi alla mia domanda, la schiena ancora rivolta verso di me. «Preoccupata per me, piccola?» La sua voce gutturale e roca non riuscì a nascondere la punta di sarcasmo nel suo tono.

Strinsi le ginocchia al petto. Avrei dovuto sentire il bisogno di scappare via da quel guerriero, ma in quel momento l'unica cosa che volevo era che lui restasse con me.

«Non aver paura, piccola prigioniera. Vado solo a fare un giro di perlustrazione e torno. Se resti ferma qui, ti prometto che non ti succederà nulla. Posso tenerti al sicuro anche da lontano.» Non mi diede neanche il tempo di rispondere prima di sparire dentro la foresta.

Da sola, restai seduta nel silenzio della notte. Anche i

suoni normali della sera—il rumore degli insetti, il bubolare dei gufi—erano venuti meno. La morte sembrava essere ancora per aria.

Con l'oscurità a spingersi contro di me, restai in attesa, nascosta dove il guerriero mi aveva lasciata. Sarei probabilmente riuscita a scappare se avessi preso a lavorare sulla corda, ma i miei istinti dicevano di restare esattamente dov'ero. E se anche fossi riuscita a scappare, il guerriero sarebbe stato in grado di rintracciarmi e ritrovarmi, e lui sembrava molto più pericoloso di qualsiasi altro nemico, anche di quel Re Cadavere che aveva menzionato.

Un'ombra si mosse al mio fianco. Alzando la testa, mi misi ad urlare, ma una mano forte si schiantò contro la mia bocca, attutendo il suono.

«Silenzio» mormorò una voce al mio orecchio. Brokk.

Mi lasciai andare contro di lui, quasi sul punto di singhiozzare dal sollievo. Il suo odore mi riempì le narici, fresco e buono. Premuta contro il suo petto duro, il mio corpo si ricordò di essere febbricitante sotto gli effetti della Luna.

Lasciò andare il suo zaino per terra, mettendosi ad ispezionare la corda con la quale ero legata.

«Leif se n'è andato», sussurrai.

Sciogliendo la corda dall'albero, si inginocchiò per terra, spingendomi con lui al riparo sotto una cicuta. Io lo seguii senza fare storie, trattenendo il respiro.

A differenza del guerriero dai capelli rossi, Brokk non offriva nessuna parola gentile, nessun tocco rassicurante. Il che era assurdo da aspettarsi, comunque. Quegli uomini mi avevano catturato. Non avrei dovuto pretendere conforto da loro. Leif aveva reso chiaro che per lui ero nient'altro che una tentazione; Brokk, invece, sembrava non sopportarmi nemmeno.

E nonostante tutto, mi spinsi verso di lui, sentendomi più

al sicuro con lui al mio fianco.

«È tutto così silenzioso», sussurrai ancora, dopo qualche minuto. «Non si sente più neanche il canto degli uccelli.»

«Anche loro sentono la presenza di qualcosa di maligno nell'aria», mi rispose Brokk.

«Qualcosa si è avvicinato nella strada» dissi ancora, tremando. «Non sono riuscita a vederla, perché Leif mi ha coperto, ma l'ho sentita. Lui ha detto che era lì per me.» La mia voce morì in un verso acuto di paura.

«Lo so, Willow.» Il suo tono rimase duro, ma tirò piano la corda, spingendomi più vicina a lui. Io mi rilassai a quella vicinanza, alla protezione che mi dava il suo corpo grande.

«Era davvero lì per me?»

«Sì. Silenzio.»

E in silenzio aspettammo che Leif tornasse da noi.

«Hai preso il sacco a pelo?» disse in quella voce gutturale. I suoi occhi brillavano di una luce dorata.

«Ho preso tutto, ma loro potrebbero ancora riuscire a seguire il suo odore» rispose Brokk, facendo un gesto con il mento verso di me. Io mi sentii invadere dalla vergogna. «Dobbiamo tornare nella montagna.»

«È troppo tardi, adesso» disse Leif. «Ho controllato il perimetro, e un'altra ondata di Draugr si sta avvicinando al sentiero. Come ha fatto il Re Cadavere a venire a conoscenza del nostro attacco al convento?»

Brokk sbuffò. «È stato il frate. Lo ha avvisato quando il branco è entrato dentro, probabilmente nel tentativo di salvarsi il culo con lui. Rolf e Thorbjorn lo hanno inseguito, ma lui si è chiuso dentro il retrocucina, chiudendo la porta a chiave, e poi ha fatto qualche suo trucchetto magico per far sapere al suo padrone cosa stava succedendo prima che loro due buttassero giù la porta. I suoi tentativi di salvarsi non hanno avuto molto effetto, comunque.»

«Il frate è morto?», sbottai.

«Sì», mi rispose Brokk. «I guerrieri del nostro branco se ne sono occupati personalmente.

Persi il respiro per qualche secondo. L'incubo che aveva infestato i miei giorni per anni era andato via. Svanito. Morto. Ma in quel momento sia io che le mie sorelle eravamo finite tra le mani di quegli strani guerrieri.

«Dobbiamo riprendere a camminare. Stanno arrivando» disse Leif. Gli permisi di avvicinarmi a lui. Le sue mani scivolarono sul mio corpo, intorno alla mia vita, il suo tocco ormai familiare. «Ci nasconderemo fino a quando non saremo certi che gli Uomini Grigi non ci seguiranno.»

«Uomini Grigi?», chiesi.

«Sono cadaveri» disse Brokk. «Uomini che hanno già superato la morte, che sono stati riportati in movimento dal potere maligno dello stregone.»

«Ma com'è possibile una cosa del genere?», sussurrai.

«Perché lo stregone è antico e potente, e la sua magia è diversa da qualsiasi altra.» Leif mi strinse più forte a sé, ed io mi lasciai andare tra le sue braccia, le mie dita aggrappate ai suoi muscoli forti. Il suo odore era tutto intorno a me—una combinazione perfetta di legna bruciata e menta selvaggia, con un pizzico di spezie. «Tanto tempo fa era stato sconfitto e rinchiuso in uno stato di semi-morte, ma con il tempo ha trovato il modo di farsi strada verso la libertà, e combattere per ottenerla. E come un ragno con le sue prede e la sua ragnatela, ha utilizzato il suo potere per creare questi Uomini Grigi. In qualche modo, loro hanno convinto il frate ad aiutare il Re Cadavere nella sua missione. Per poter tornare in vita.»

«E per farlo, ha trovato una nuova fonte di potere. E sta cercando di prendersela tutta» continuò Brokk.

«Che fonte?» chiesi allora.

Brokk guardò oltre le sue spalle, i suoi occhi dorati ad intrecciarsi con i miei. «Te.»

LEIF

*S*mettila *di spaventarla,* dissi a Brokk dal nostro
legame, aggrottando la fronte.

Ha bisogno di sapere la verità. Ad alta voce, invece, disse,
«Dobbiamo trovare un torrente. Gli Uomini Grigi sembrano
odiare l'acqua.»

«C'è una palude, qui vicino.» Conoscevamo la zona,
ormai, dopo tutto il tempo passato a controllare il convento
da lontano.

«Potrebbe essere sufficiente a tenerli lontani, ma
dobbiamo assicurarci di trovare dell'acqua vera. Un lago
sarebbe perfetto.»

Il respiro di Willow prese a venir fuori sempre più
pesante durante la nostra camminata in mezzo al bosco.
Brokk camminava davanti a noi, facendo strada, ed io mi
assicurai di tenerla vicina, accarezzandola di tanto in tanto
per rassicurarla.

La boscaglia si aprì ben presto in un sentiero fatto di
fango e acqua piena di canne. Entrammo dentro di essa,
facendoci strada sopra il terreno molliccio. Il fango sembrava

risucchiarmi gli stivali, ed io imprecai silenziosamente. Con un po' di fortuna, la puzza della palude sarebbe stata abbastanza da allontanare i servitori del Re Cadavere.

Brokk si fermò d'improvviso, e poi si girò a guardarci con un dito sulle sue labbra.

Altri Draugr di fronte a noi. Il vento che ci arriva addosso porta la loro puzza. Ci stanno circondando. A meno che non riusciamo ad attraversare la palude, dovremmo accucciarci e sperare che gli Uomini Grigi non sentano la nostra presenza. Brokk parlò in maniera spiccia. Avevamo affrontato situazioni senza speranza, prima di quel momento. Sembrava distante, lontano anni luce da me e dalla donna.

«Ci nascondiamo qui fino a quando non vanno via, e poi continuiamo a camminare» dissi ad alta voce, più per Willow che per noi.

Brokk annuì. Ci accovacciammo, aspettando in quella posizione scomoda, sperando non succedesse nulla. Il rumore di passi, la forza di molti uomini farsi sempre più vicina a noi, la loro puzza nel vento. La Bestia si ripresentò in superfice, pronta a combattere. Io chiusi gli occhi, spingendola di nuovo in fondo, combattendo contro di essa per non farla uscire.

Leif?

Va tutto bene. Girai la testa dall'altro lato del vento, e l'odore dei capelli di Willow m'investì le narici. Una cosina così piccola e adorabile, tremante accanto a noi eppure con un'espressione aguerrita sul viso. Ne aveva viste tante, quella notte, eppure manteneva ancora il suo coraggio. Dovevo tenere duro. Per lei.

Potremmo lottare, offrì Brokk. Dal suo tono incerto, però, capii che non la considerava una buona idea. Se anche fossimo riusciti ad aprirci la strada per poter scappare, lasciar uscire fuori le nostre Bestie era fin troppo pericoloso.

Ce ne sono troppi. Mi coprii immediatamente bocca e naso con la mano quando il vento portò verso di noi un'altra ventata di puzzo, più forte di prima. *Il Re Cadavere si è assicurato di mandare un'armata molto grande.*

Farebbe di tutto per prendersi ciò che pensa gli spetti di diritto. Per avere le sue mogli.

Un ringhiò scappò dalle mie labbra prima che potessi trattenermi, e Willow si fece rigida accanto a me.

«Calmi», mormorò Brokk ad entrambi.

Da dov'eravamo nascosti, riuscivamo a vedere la strada illuminata dalla luce della Luna. L'armata di Draugr inondò la nostra visuale, Soldati macabri intenti a marciare con movimenti strani. Alcuni di loro avevano lance e spade, ma la maggior parte non aveva altro che forconi e bastoni, oggetti normali che erano stati presi per essere utilizzati come armi. File e file di soldati marciavano verso di noi. Come aveva fatto il Re Cadavere a richiamare un'armata così grande, in così poco tempo?

Per diamine... Questi non sono Uomini Grigi. Almeno... la loro pelle non è grigia.

Allungai la testa per vedere oltre la palude. Come aveva detto Brokk, gli uomini che marciavano verso di noi non avevano l'aspetto magro e giallastro simili a quello degli Uomini Grigi contro cui avevamo già combattuto una volta. Davanti a noi c'erano uomini di tutte le età, dalla pelle maledetta e dalle espressioni vuote, e addosso portavano i vestiti tipici degli abitanti del villaggio.

I soldati silenziosi si fecero largo non troppo lontani dal posto in cui eravamo nascosti, più di un centinaio di loro. L'espressione concentrata di Brokk fu abbastanza da farmi capire che stava contando.

Questi Draugr puzzano di sangue, ma non di carne marcia, dissi, quando più della metà sembrava essere ormai passata.

Perché non sono morti da molto tempo. Brokk sembrava più tetro del solito.

Mi sentii pervadere dai brividi.

Le fila di soldati si erano fatte già più scarne quando Willow, d'improvviso, si alzò in piedi. «Joseph!» urlò, il nome quasi ad esplodere fuori dalle sue labbra.

La spinsi di nuovo giù. «Stai zitta, ragazza!»

Ma lei prese a muoversi contro di me, per liberarsi. «No, no, aspetta! Lo conosco! L'ho conosciuto al villaggio!» Strinsi la mano sulle sue labbra.

«Smettila», sibilai dentro il suo orecchio. La sentii gracchiare contro di me, lottando per liberarsi, e il rumore che stava provocando era forte abbastanza da allarmare i nemici e far risvegliare la Bestia.

Brokk avvicinò improvvisamente il viso al suo, l'espressione minacciosa e omicida, e lo sguardo che le rivolse era gelido abbastanza da mettere anche il più forte degli uomini a tacere.

«Starai ferma. E starai zitta. Perché siamo tutti in pericolo, e tu stai rischiando di farci scoprire.»

Lei scosse la testa per quanto riuscisse a farlo con la mia mano ancora sulla sua bocca, ma smise di opporsi alla mia stretta sul suo corpo.

«L'uomo che pensi di conoscere? Non è lui. Joseph è morto. Il Re Cadavere ha preso la sua vita e la sua mente e l'ha reso uno strumento del male. Farai bene a lasciarlo andare.»

Con un urlo attutito dalla mia mano, Willow si lasciò andare contro di me.

Troppo duro?, mi chiese Brokk.

Io scossi la testa. La sua voglia di salvare il suo amico avrebbe potuto risultare nella nostra morte. Se non avessimo avuto il nemico a marciare a pochi passi da noi, l'avrei messa sulle mie gambe e l'avrei punita per ciò che aveva fatto.

Mandai l'immagine che immediatamente mi balenò in testa attraverso il legame, e vidi le labbra di Brokk inclinarsi leggermente verso l'alto, in un sorrisetto soddisfatto. Forse, avrei potuto lasciare a lui il compito e l'onore di punirla, se ciò significasse portarlo ad accettare Willow come nostra compagna.

BROKK

*F*issai Willow fino a quando non fu lei la prima ad abbassare lo sguardo. I lupi seguivano regole serrate per la supremazia, e sapevamo entrambi che in quel momento lei aveva riconosciuto la mia dominanza su di lei. Ma non era solo quello, che Willow doveva accettare. Doveva anche imparare ad obbedire. Se l'avessi già accettata come mia compagna, avrebbe dovuto aspettarsi una punizione per quello che aveva appena fatto. Una volta trovato un posto sicuro, avrei dato così tanti colpi al suo bel di dietro da farlo diventare rosso fuoco...

Attento, una parte di me sembrò avvertirmi. *Hai già giocato a questo gioco, una volta.*

Io ero uno dei pochi Berserker che ricordava bene la bellezza dell'amore. E come la maledizione l'aveva fatto finire in disperazione.

Gli Uomini Grigi erano ormai quasi tutti andati.

Forse avrei potuto schiaffeggiarla, per punizione e per piacere. La mia Bestia riusciva a malapena ad aspettare, per vederla nuda di fronte a noi.

Sentii il cazzo farsi immediatamente duro dentro i pantaloni. Strinsi i denti.

«Obbedirai, piccolo donna» le dissi in un sussurro duro. «Farai ciò che diciamo, e starai in silenzio.»

La vidi tremare contro Leif, e lui strinse il braccio più forte intorno a lei. Girai lo sguardo, allontanandolo dalla coppia felice. Le donne tendevano sempre a correre verso Leif.

Questa volta non è lo stesso, mi disse lui. *Lo sai che la condivideremo in tutte cose.*

Io scossi la testa. Non potevamo avere quella conversazione proprio mentre i nostri nemici camminavano a pochi passi da noi.

Non se non riusciamo a farci largo tra gli Uomini Grigi, non la condivideremo.

Per un attimo, mi ritrovai a desiderare di non essere legato a Leif. Se avessi potuto scegliere, non avrei mai voluto condividere una donna. Ma il nostro legame richiedeva di prendere una donna ed averla, insieme.

La stai fissando in malo modo un'altra volta, mi fece notare Leif. Io cercai di scacciare via la durezza dal mio sguardo. *Ormai, Willow è più spaventata di noi che degli Uomini Grigi. Parlale. Dille che cosa sta succedendo. Calmala.*

Non ero mai stato bravo con le parole dolci. *Fallo tu.*

È la tua compagna tanto quanto è la mia, Brokk. Leif alzò il mento, contrariato.

Quando l'ultimo degli Uomini Grigi ci passò di fronte, io abbassai un attimo lo sguardo, lasciando andare un sospiro silenzioso. Poi mi girai a guardare Willow un'altra volta.

«Perdonami», le dissi. «Sono abituato a dare ordini e a vederli seguiti. Ci stiamo nascondendo, in questo momento, perché il Re Cadavere ha mandato i suoi servitori a cercarti. Sono uomini morti, animati soltanto dalla magia.» La donna rabbrividì, e Leif strinse il braccio intorno a lei.

«Ma... non capisco... Cosa potrebbe mai volere da me?» chiese lei.

«Cerca le profetesse per prenderle e averle tutte per sé. Desidera il tuo potere. È stato lui ad assicurarsi che tutte voi foste raggruppate dentro quel convento, e aveva in programma di prendervi tutte, una ad una, e consumare il vostro potere bevendo il vostro sangue fino a dissanguarvi—»

«Okay, basta», m'interruppe Leif. «Willow, ascoltami bene. Tutto ciò che devi sapere è che devi assolutamente restare con noi, e seguire i nostri ordini.» *Possiamo spiegarle tutto il resto dopo,* disse soltanto a me.

Presi un grosso respiro, e con esso inalai l'odore della donna. Almeno gli Uomini Grigi non erano riusciti a sentirla. Dentro tutto quel fango e con la puzza dei Draugr ancora nell'aria, riuscivo a malapena a sentire il suo calore. Desideravo così tanto poter essere da qualche altra parte, molto lontani, di nuovo a casa, o da qualche parte al sicuro. Un posto in cui io e Leif avremmo potuto esplorare il suo corpo e conoscere la sua risposta al nostro tocco.

«È arrivato il momento di andare», dissi, e fu un ordine. Leif annuì, alzandosi. Avrebbe preso la donna in braccio, portandola lui per permetterci di correre alla nostra velocità.

«Starai in silenzio» le dissi. «Dobbiamo passare dal villaggio per poter scappare.»

«Dobbiamo stare attenti», mormorò Leif. «Ci saranno Uomini Grigi ovunque.»

«Possiamo solo sperare che non ci stiano aspettando.»

Provai a collegarmi dal legame con il resto del branco, ma sembrava essere interrotto. *Non riesco a raggiungere gli Alpha,* dissi a Leif. La sua fronte aggrottata mi fece intendere che per lui era lo stesso.

Il Re Cadavere è molto potente. Deve essere la sua magia ad impedire la connessione.

Dobbiamo stare attenti. Non riusciremo a sopravvivere a lungo, da soli. La Bestia era già abbastanza agitata dalla presenza dei nostri nemici, ed eccitata a causa della nostra nuova compagna.

Sopravvivremo, mi disse Leif. *Siamo riusciti a sopravvivere aiutandoci a vicenda per tutto questo tempo. Riusciremo a farlo ancora.*

Grugnì. La magia che ci legava aveva salvato le nostre vite molto più di una volta, anche se spesso la detestavo. Non è che avessimo avuto grande scelta a riguardo. Il legame si era semplicemente formato.

Mi concentrai sul trovare una strategia. *Il resto dei nostri fratelli deve essere diviso. Temo che la strada per tornare a casa sia bloccata. Se io fossi il Re Cadavere, mi assicurerei di creare un'imboscata vicino alla montagna per poter riprendere quante più donne possibili.*

Non possiamo tornare, allora. Dobbiamo tenere Willow al sicuro.

Io concordai. Leif prese la donna tra le sue braccia, e lei lasciò andare un piccolo verso sorpreso.

«Dobbiamo imbavagliarti?» le chiesi.

Lei scosse la testa.

Io annuii. «Bene, allora. Andiamo. Svelti.» Feci strada verso il sentiero, rimettendomi dentro la foresta quando ci avvicinammo al convento. Con qualsiasi magia strana fosse stata pregna quella strana nebbia che Leif aveva incontrato all'inizio quando si era fermato, aveva lasciato al suo passaggio foglie morte ed erba secca. Anche gli alberi sembravano essere invecchiati d'un tratto, come coperti dal ghiaccio.

Per il sangue di Odino... Il nostro giro lungo ci avrebbe portato dritti dentro il villaggio. Con l'ascia alzata e pronta, mi feci di nuovo strada verso il sentiero, aspettandomi quasi con certezza di ritrovarmi file e file di Uomini Grigi ad attenderci sotto la luce della Luna, un muro vivente.

Beh… no, non esattamente vivente, ma un muro resistente in ogni caso.

Il vento si fece strada verso di noi, ed io annusai l'aria. C'era odore di sangue, ma niente Draugr.

«Fermi», dissi a Leif e Willow. «Fate andare prima me, da solo.» *Tienila al sicuro.*

Leif annuì, ed io mi feci avanti. L'odore di sangue sembrava colare sulle pareti di ogni singola casa, e il silenzio regnava intorno al villaggio, dalla capanna più vecchia al centro del villaggio, completamente vuoto.

Brividi presero a corrermi sulla spina dorsale mentre il mio corpo si preparava alla Trasformazione. Ero stato in un numero sufficiente di campi di battaglia da riconoscere quello stesso silenzio straziante. Ma qualcosa sembrava dirmi che non eravamo finiti nella scena finale di una battaglia ormai finita… no, quello aveva tutta l'aria di essere un massacro.

Il mio stivale finì su una grossa pozzanghera di fango, e la puzza di ruggine invase le mie narici. Mi fermai di colpo.

Chinandomi, toccai la pozzanghera di fronte una delle case. Le mie dita si bagnarono subito, ma non di acqua.

Sangue.

Mi avvicinai alla porta. Il mio passo pesante la fece spostare un po', aprendo uno spiraglio.

Con una grossa mano, la spinsi in avanti, aprendola. L'odore di fumo riempiva l'aria, la prova di un fuoco ormai estinto. Ci volle qualche minuto perché la mia vista si aggiustasse, ma quando lo fece… vidi ciò che mi aspettavo.

Chiusi la porta, mandando una preghiera ai morti all'interno prima di passare di casa in casa, alla ricerca di qualche segno di vita.

Ogni casa era imbevuta nell'oscurità, solo alcune di loro

avevano ancora al loro interno un fuoco acceso. Sapevo, adesso, come aveva fatto un numero così sproporzionato di Draugr ad apparire quasi dal nulla. Quel fetore freddo era ancora in giro—la magia del Re Cadavere si era fatta avanti e aveva reclamato le menti degli uomini dai corpi più forti.

Gli Uomini Grigi che avevamo visto erano tutti abitanti del villaggio, cambiati. Morti, e animati dal Re. E prima di andare via per seguire gli ordini del loro nuovo padrone, si erano assicurati di massacrare l'intero villaggio.

«Per la barba di Odino» mormorai, passando di casa in casa, il villaggio intero pieno di cadaveri. Alcuni erano morti sulle soglie delle loro case. Corpi privi di vita erano accasciati in mezzo alla strada, uomini, donne e bambini in egual misura.

Non era sopravvissuto nessuno.

Fai il giro del Villaggio, dissi a Leif. *Non voglio che Willow veda tutto questo.*

Controllai anche l'ultima casa restante, ma il massacro era stato completo. Prendendo una coperta, coprii i resti dei cadaveri di una madre e del suo bambino. «Andate in pace», dissi loro. Se avessi avuto tempo a sufficienza, mi sarei occupato di seppellire i loro corpi, e chiedere alla strega di purificare l'aria con sale e fuoco. Ma non avevo tempo, e l'unica cosa su cui potevamo concentrarci era andare via prima di ritrovarci sotto gli incantesimi del Re Cadavere un'altra volta. Sussurrai una preghiera veloce per tutti loro, sapendo che niente sarebbe stato abbastanza per liberare gli spiriti che sarebbero rimasti qui, a piangere ed urlare per avere giustizia.

Uscii fuori dalla capanna, impaziente di sentire l'odore di aria pulita.

Brokk, dove sei? L'odore di sangue... la Bestia... non riesco...

Tieni duro, Leif!

Sentii un lamento basso, ed ebbi appena il tempo di

girarmi prima di ritrovarmi Willow tra le braccia. Fu troppo tardi, in ogni caso; i suoi occhi erano già fermi sul braccio fermo e cadaverico della donna, che le era stato tagliato via probabilmente nel tentativo di coprire con esso suo figlio.

«No», singhiozzò Willow, il braccio teso, come a voler raggiungere quello della donna.

«Vieni», dissi, alzandola e portandola tra le mie braccia. Le sue dita si strinsero alle mie mentre andavo via. *Leif. È con me.*

Non la smetteva di lottare per liberarsi. La voce del mio fratello guerriero arrivò attraverso il legame stanca e triste. Tenni per me la risposta che avevo già pronta sulla punta della lingua. L'odore di sangue e del massacro richiamava la Bestia, e Leif era già abbastanza occupato a tenere a bada la sua.

Ci penso io a portarla. Vai avanti, controlla tu il perimetro per noi. Il Re Cadavere potrebbe aver lasciato qualcuno dei suoi servitori qui a fare da guardia.

«No, fermo! Ti prego, la conosco... Era la moglie di Joseph... dobbiamo seppellirla!»

«Ce ne sono troppi, da seppellire. L'intero villaggio è stato massacrato» sibilai, e poi mi maledissi silenziosamente quando vidi il dolore nei suoi occhi.

«No», singhiozzò.

Forzai la sua testa contro la mia spalla. «Chiudi gli occhi», ordinai. Lei continuò a singhiozzare contro di me mentre passavamo di casa in casa, i corpi insanguinati in mezzo alla strada.

Leif, svelto. Dobbiamo portarla via di qui.

Voi... andate...

«Per il sangue di Odino!», imprecai. *Tieni duro!* Presi a correre da casa a casa, diretto verso la foresta. *C'è la nostra donna con noi, adesso, Leif. Devi mantenere il controllo!*

Tra le ombre, sentii Leif ringhiare.

Io feci un passo indietro. «Leif, sono io.»

Brokk!

Mi abbassai immediatamente, e una lancia volò proprio sopra la mia testa. Gli Uomini Grigi ci avevano trovati.

Leif scattò fuori dalla foresta. Io mi abbassai un'altra volta, ma non eravamo noi il suo bersaglio: erano i Draugr intenti ad avvicinarsi a noi.

Portala via di qui! Vai! Un ululato lungo e forte si fece strada verso di noi, per tutto il villaggio e forse anche oltre, potente abbastanza da far inginocchiare chiunque. L'urlo di battaglia di un Berserker.

Io sfrecciai dentro la foresta, non preoccupandomi neanche di schivare i cespugli che sbattevano contro le mie braccia, Willow stretta tra di esse, coperta da tutto, stretta forte a me.

«Per la miseria» mormorai, tuffandomi dentro un torrente, seguendo il suo corso fino alla fine e portando giù Willow, tenendo una mano libera in caso gli Uomini Grigi ci seguissero fino a qui. Leif non avrebbe avuto problemi ad occuparsi del piccolo gruppo che era stato lasciato di guardia al villaggio, ma mi ritrovai a sperare con tutto me stesso di riuscire a richiamarlo quando avesse finito. Non avrei dovuto lasciarlo da solo.

Willow si appoggiò a me, la sua espressione una maschera di terrore silenzioso. Nemmeno un suono lasciò più le sue labbra.

La strinsi più forte contro il mio corpo, e provai a connettermi con Leif. Quando toccai il filo del nostro legame, dalla sua parte non sentii altro che rabbia pura e calda, follia intrisa della maledizione Berserker.

Torna da noi, Leif, lo pregai, mandando attraverso il legame l'immagine di ciò che in quel momento stavo provando, sentendo—il corpo tremante ma dolce, soffice, adorabile della donna premuta contro di me. *La nostra compagna ti sta aspettando.*

Nessuna risposta. In quel momento si era ritrovato a combattere contro gli Uomini Grigi e la Bestia nello stesso momento.

Willow prese a singhiozzare di nuovo tra le mie braccia.

«Sono… sono morti tutti», mormorò.

Stava singhiozzando, ed io non avevo la minima idea di cosa dire.

«Non essere triste per loro.» La strinsi, la mia voce selvaggia. «Vivevano vicino al convento abbastanza da sapere ciò che il frate vi faceva, e non hanno mai fatto nulla per salvarvi.

La sua bocca si aprì e chiuse, e da essa non uscì una parola.

«Sii grata che la loro fine è stata veloce. Non sarà lo stesso per noi, se il Re Cadavere ci trova.»

Lei mi fissò.

Vieni presto, Leif, lo chiamai un'altra volta. *Non so occuparmi di queste cose da solo.*

«Per diamine» dissi ad alta voce quando non ricevetti alcuna risposta. Scostando i suoi capelli via dal suo viso con tocco incerto, le sporcai il viso di sangue. Imprecai ad alta voce, e mi sporsi per bagnare la mano dentro il torrente e ripulire via la macchia.

Willow sembrava essersi fatta all'improvviso di ghiaccio.

«Stai bene», le dissi. «Ne siamo usciti vivi.»

«È tutta colpa vostra» disse lei dopo un po', in un sussurro inorridito. «Siete stati voi.»

«Willow… no.»

«Siete stati voi a portarli qui. Stavamo bene prima che arrivaste voi.»

Prese a combattere contro di me, ed io glielo lasciai fare,

fermo immobile mentre le sue mani chiuse a pugno colpivano il mio petto.

Le afferrai i polsi prima che potesse farsi male.

«Basta», ringhiai. «Non stai pensando con chiarezza. Siamo venuti qui per salvarvi.»

«Bugiardo! Sono tutti morti... li avete uccisi—»

«*Il Re Cadavere* li ha uccisi. E lui è qui per *voi*. Lo capisci? È la tua magia, è la tua carne che lui brama sopra ogni cosa. Questa—» Spinsi la mano tra le sue gambe, stringendo il suo sesso con la mano a coppa. «Questa lo chiama verso di voi. L'odore che emanate quando entrate in calore.»

A quel mio tocco crudo, lei si fece immediatamente rigida, ma mi fece stare male il modo meschino in cui mi ero permesso di toccarla, senza il suo permesso. Tolsi immediatamente la mano.

«Vi abbiamo salvate, Willow. Tu e le tue sorelle sareste morte, o ancora schiave, se non fossimo arrivati. Stiamo solo cercando di aiutarvi.»

Scosse la testa, la bocca a muoversi in silenziosa protesta.

Io la scossi. Se fosse entrata un'altra volta nel panico e avesse cominciato ad urlare, avrebbe attirato l'attenzione di quell'enorme armata verso di noi. Dovevo farle *vedere, capire*.

Brokk, basta. Dalla a me. Leif si fece avanti attraverso le ombre. I suoi occhi brillavano della magia della Bestia, ma era tornato nuovamente in forma umana.

Leif? Sei sicuro?

Lui ringhiò, e Willow prese a singhiozzare. «Che cosa è?»

«È solo Leif» le dissi, facendo scivolare le mani sulle sue braccia esili. «Sta male, perché anche tu stai male.»

«Leif?» singhiozzò lei, e il mio fratello guerriero si fece avanti, la sua forma umana e meravigliosa ancora una volta.

La liberai dalla mia presa, facendo un passo indietro. Per mia sorpresa, Willow scappò via da me e verso Leif, gettando le braccia intorno al suo collo e abbracciandolo forte.

Dopo qualche secondo, anche quelle del mio fratello guerriero si mossero, chiudendosi intorno al suo corpo. Avevano ancora qualche chiazza di pelo.

Leif...

Lo so. Aggiustò la sua presa, spingendo la testa di Willow sul collo mentre lei piangeva. Leif si lasciò andare a versi rochi e calmi, più animali che umani, ma quando mi feci strada attraverso il nostro legame trovai soltanto silenzio. La sua rabbia si era allontanata.

Lei calma la bestia, dissi, scioccato.

Leif mi diede un piccolo cenno d'assenso. *Ad un grande prezzo, però. Il Re Cadavere non si fermerà davanti a niente, sacrificherà tutto ciò che intralcia il suo cammino per riprendersi le sue promesse spose.* I singhiozzi della donna si erano acquietati, ma Leif continuò a tenere una mano sulla sua testa, tra i suoi capelli. «Sei al sicuro, adesso», disse ad alta voce. Poi, a me, disse, *Andiamo via, prima che gli Uomini Grigi ritornino.*

Seguendo il mio fratello guerriero, mi tirai fuori dall'acqua del torrente. E insieme ci immergemmo nel buio della foresta.

LEIF

*N*on mi piace questo pallore sulla pelle della nostra piccola prigioniera.

Avevamo passato la notte ad attraversare il terreno duro, diretti verso nord ed est, lontani dal branco e da casa. Io portavo Willow tra le mie braccia, stretta sul mio petto quando la sentii abbandonarsi al sonno. E, dentro di me, anche la mia Bestia stava dormendo, contenta. Willow l'aveva calmata con il suo odore e quel suo tocco fiducioso.

La sua testa era poggiata sulla mia spalla mentre io e Brokk correvamo alla velocità della luce sotto la Luna silenziosa.

*Non ha paura di noi...*osservò Brokk. *Non ha paura abbastanza da essersi addormentata.*

È solo esausta. Quando sarà riposata e noi avremo trovato un posto sicuro, ci sono tante cose che dovremo dirle. Togliendo quel pallore che non mi piaceva, Willow mi sembrava parecchio in salute, seppur un po' troppo sottile. Le sue braccia e le sue gambe portavano muscoli acquisiti da tante e tante ore di lavoro.

Facciamola mangiare come si deve, concordò Brokk. *Conosco un posto dove poterci fermare per un po'. È silenzioso e fuori dal sentiero. Sarà meglio restare lì fino a quando non riusciremo a connetterci di nuovo con gli Alpha.*

Si aspetteranno di vederci ritornare alla montagna.

Capiranno di certo che c'è qualcosa che non va. I servitori del Re Cadavere ci hanno teso una trappola, e hanno fatto un buon lavoro per assicurarsi di tenerci completamente isolati. Devono aver pensato fosse la soluzione migliore, prenderci separatamente e riprendersi le ragazze ad una ad una.

Willow non andrà da nessuna parte, ringhiai, stringendo il corpo meraviglioso che avevo tra le braccia più forte.

No, non andrà da nessuna parte, mi fece eco Brokk. In questo io e il mio fratello guerriero, quantomeno, eravamo d'accordo. Brokk era sempre stato più cauto, più lento nel fidarsi di qualcuno. Ma aveva visto il modo in cui la Bestia rispondeva alla sua presenza.

Il mio piccolo miracolo. Willow aveva tante piccole lentiggini sul viso. Volevo baciarle ad una ad una. E ci sarebbe stato tempo, per farlo, una volta trovato riparo da qualche parte. Dovevo solo convincere Brokk ad accettarla.

Quando raggiungemmo il fiume, mi fermai alla sua riva. *Brokk, tu sei più alto. Perché non la prendi un po' tu?*

Brokk lasciò andare uno sbuffo. Era più alto di me di forse un misero capello. Scherzavamo spesso su quella cosa.

Ma tu sei più forte, e più brutto. Sei più portato ad occuparti di queste cose.

Bene, fai come vuoi, scherzai, alzando Willow per non farla bagnare dentro l'acqua. *Vorrà dire che sarò il primo in tutto. Il primo a trovarla. Il primo a portarla. Il primo a scoparla.*

Brokk digrignò i denti contro di me, mostrandomi i suoi canini, ed io feci un sorrisetto.

Dobbiamo sedurla, prima, disse, ed io mi feci in un attimo di nuovo serio.

Pensi... pensi che anche lei sia stata... toccata contro la sua volontà? Come la donna che Rolf e Thorbjorn vogliono reclamare?

Se anche Willow sia riuscita a scappare alle attenzioni indesiderate del frate, era comunque lì dentro. Ha sofferto le sue minacce, disse Brokk, ed io mi ritrovai a concordare.

È morto, adesso?

Morto e sepolto. Thorbjorn me l'ha detto nel momento stesso in cui l'ha fatto. L'ha ucciso poco prima che gli Uomini Grigi circondassero il posto.

Attraversammo il fiume, mantenendo il passo spedito. Non era sicuro, fermarsi in quel momento, anche se gli Uomini Grigi non avrebbero potuto seguirci. Il Re Cadavere aveva altre armi da utilizzare, e non era il caso di conoscerle.

Dobbiamo sedurla, ripetei le parole di Brokk, dopo qualche minuto di silenzio. *Metterla a suo agio in nostra presenza.*

Tu sei più bravo a vincere il favore delle donne, mi disse lui. Mi chiesi se si fosse reso conto che quel commento, che lui aveva tanto provato a mascherare come battuta, fosse intriso di tristezza che persino attraverso il legame io riuscii a percepire.

Sempre che io sia in grado di controllare la Bestia, provai a scherzare, ma nessun Berserker era davvero in grado di scherzare su un argomento così serio e spinoso. Ad uno ad uno, seppur in diversi momenti della nostra esistenza, tutti noi avevamo dovuto vedere qualche nostro compagno perdere la testa e la vita in quella rabbia accecante. Perché quando un lupo perdeva il controllo, era compito del branco occuparsi di ucciderlo.

Tra le mie braccia, Willow si lasciò andare ad un piccolo sospiro. Il tempo si era fatto più freddo, troppo freddo per una semplice notte d'estate.

La misi meglio tra le mie braccia, coprendola più che potessi. *Andiamocene via da questo vento.*

Siamo vicini al rifugio. Brokk fece strada, correndo verso

l'alto fino a quando non raggiungemmo la cima di una colli-
netta erbosa, completamente nascosti da alberi alti. La
foresta sembrava aver fatto largo ad un castello in rovina,
ormai abbandonato.

*Il Re di queste terre ha sopravvalutato il suo potere. Il suo
nemico lo ha battuto prima che lui potesse finire di costruire la sua
casa, e poi i mercenari si sono occupati di buttar giù ciò che aveva
già costruito.* Le labbra di Brokk si curvarono in un sorrisetto
per niente divertito.

«Quando è successo?» chiesi ad alta voce, tenendo la voce
bassa per non svegliare Willow. Brokk ad io potevamo legare
le nostre menti, condividere pensieri, immagini e sensazioni,
ma a lui piaceva la sua privacy. Di solito, tendevamo ad
utilizzare il legame soltanto quando ce ne fosse realmente
bisogno. Quella doveva essere la prima volta che ci era capitato di utilizzarlo così tanto, ed era stato fatto soltanto per
Willow.

«Qualche decennio fa. Venni qui con Knut, Rolf e Thorbjorn. Il Re contro questo ci aveva chiamati a combattere.»
Scrollò le spalle. «Un giorno di divertimento, per prendere la
fortezza e uccidere ogni uomo che fosse rimasto all'interno.
Valeva il sacco d'oro che ci venne promesso.»Continuammo
a scalare la collina, fermandoci quando il terreno si fece
dritto, e di fronte a noi si espanse un grande lago, completamente fermo se non per qualche piccola onda portata dal
vento. «Passammo un po' di tempo fermi proprio qui, a tirare
pietre dentro il lago», mi disse Brokk.

«Ed io dov'ero?» chiesi, anche se avrei potuto imma-
ginarlo.

Brokk lasciò andare lo zaino che portava in spalla, avvicinandosi alla parete più alta ancora in piedi. Tirò fuori un
sacco a pelo e una pelliccia di lupo, creando qualcosa di
comodo e caldo per la nostra donna, per la notte. «Tu eri

andato a cercare un posto in cui stare in solitudine... per occuparti della tua Bestia.»

Poggiai con delicatezza la donna tra le mie braccia sul letto appena fatto. Lei si lasciò andare ad un sospiro delicato, sprofondando tra le pellicce, e continuò a dormire. Gli eventi di quella notte—i suoi tentativi di scappare e combattere contro di me, il terrore dei Draugr, e le sue lacrime—l'avevano messa a terra. Le sue dita piccole e delicate si strinsero sulla pelliccia.

Diedi una leggera gomitata a Brokk. «Forse starebbe più comoda e calda con il lupo accanto.»

Brokk strinse le labbra insieme. «Deve imparare a fidarsi di noi come compagni.»

Alzai immediatamente la testa verso di lui. «Quindi l'accetti come compagna?»

Brokk si limitò a borbottare parole sconnesse. Io rimasi di guardia accanto alla donna mentre lui si occupava di preparare il posto dove ci saremmo accampati e di accendere il fuoco. Mantenne le sue distanze, senza guardare verso di noi neanche una volta, ma quando tutto fu sistemato e non gli rimase nient'altro da fare, Brokk si tolse i vestiti di dosso, li mise sistemati dentro lo zaino, e si Trasformò nella sua forma di lupo. Un lupo nero gigante, con chiazze marroni sul pelo folto, trottò verso di noi e si accucciò accanto alla donna ancora addormentata. La sua forma e il calore del suo pelo la ripararono dal vento.

Ridacchiando, mi alzai e andai ad occuparmi del fuoco.

BROKK

*L*a nostra piccola donna dormiva con la guancia soffice poggiata sul palmo della sua mano. Io mi appisolai vicino a lei e presi a riposare nel modo in cui un lupo riposa, a singhiozzo, alzandomi spesso per sistemare e cambiare la mia posizione. Leif era andato via per cacciare qualcosa da poter mangiare, e così io avevo cominciato a tenere semplicemente gli occhi aperti, preoccupato di vederla svegliare di colpo e leggere nei suoi occhi il pensiero di essere stata abbandonata dal suo guerriero dai capelli rossi dritta nelle fauci di un lupo feroce.

L'alba prese a salire sulla punta delle colline, e gli uccelli ripresero a cantare. Centinaia di loro, dalle ali bianche, si ritrovarono sull'acqua del lago, ad una veloce corsa e qualche salto di distanza da dove mi trovavo. Se non fossi stato impegnato a fare da guardia alla mia nuova compagna, sarei andato a spaventarli un po', abbaiando alle loro ali svolazzanti, cercando di afferrarne uno per la mia colazione. Un buon modo per cominciare la mia giornata.

Accanto a me, la piccola donna continuava a dormire, il

viso contorto in un'espressione preoccupata. Poggiai il muso sulle mie grandi zampe, sospirando.

Leif tornò con un paio di conigli già privi di pelle, e si era già messo a cucinarli per quando la donna prese a muoversi. Leif si girò a guardarla, prendendo il mio posto al suo fianco mentre io mi andavo a nascondere dietro una delle pareti di pietra. Non riuscii ad evitare di gettare qualche occhiata al suo petto intento ad alzarsi e abbassarsi con il suo respiro.

Quando Willow aprii di scatto gli occhi, alzandosi in piedi e lasciando andare un sussulto di paura, Leif si inginocchiò vicino a lei per confortarla.

«Va tutto bene» le disse, allungando la mano verso di lei. «Sh, piccola. Sei al sicuro adesso.»

Lei si leccò le labbra. «Dove mi trovo?»

«Un accampamento temporaneo. Resteremo qui per qualche notte, fino a quando sapremo che è sicuro. Poi faremo strada verso casa, dove potrai ritrovare le tue amiche. Vieni» le disse. «Siediti di fronte al fuoco. Non c'è niente, qui, di cui dover avere paura.»

E proprio quando Leif l'aveva finalmente convinta a prendere la sua mano ed alzarsi, un uccello fece un verso nel Cielo, e la sua testa scattò indietro. Fu in quel momento che i suoi occhi caddero su di me.

«Calma, Willow» le disse Leif, ma il suo sussurro calmo non la fermò dal scivolare indietro fino a toccare una delle pareti di pietra con la schiena. Ci si poggiò sopra con tutta la sua forza, tremante.

«C'è un lupo», sussurrò di rimando.

«Lo so. È un amico. Vieni» disse a me, facendomi un cenno con il mento, ed io uscii piano dal mio nascondiglio.

Compagna, mi sussurrò il lupo quando sentii il suo profumo. Quasi le scossai un sorrisetto compiaciuto, prima di ricordare le buone maniere. La parete di pietra non riusciva molto bene a nascondere la mia forma gigante, anche da seduto. Se mi fossi alzato a quattro zampe, sarei riuscito a leccarle il viso senza nessun problema.

«Da dov'è venuto fuori?»

Leif restò in silenzio per qualche secondo, decidendo cosa dirle. «È stato con noi per tutto il tempo. Non aver paura. È ben addestrato.»

Mi fece l'occhiolino, ed io lo fissai negli occhi. Lui si limitò a scoccarmi un sorrisetto, e poi riprese a cucinare la nostra colazione. Willow restò acquattata contro la parete di pietra, anche se dopo un po' si allungò a prendere la pelliccia e ad avvolgersela intorno alle spalle. Io mi allontanai finalmente dalla parete, prendendo il mio posto accanto al guerriero.

Li stai cucinando troppo, gli dissi, quando notai la pelle del coniglio farsi di un colore marrone per niente invitante.

«Non dovresti essere in giro ad acchiappare uccelli, giù al lago?» mi chiese ad alta voce. La mia forma da Lupo aveva lasciato il legame completamente aperto tra di noi. Il lupo sembrava desiderare una connessione totale, reputandola più importante della privacy.

Mi ritrovai ad avere difficoltà a tenere il legame chiuso, quando mi sentivo contento e felice—o magari, semplicemente, mi piaceva tenerlo aperto, come se condividere tutto con il mio fratello guerriero mi faceva sentire… completo.

«Acchiappare uccelli?» chiese Willow.

«Oh, no, stavo parlando con il lupetto, qui» disse Leif, gesticolando verso di me. Io lasciai andare un ringhio basso.

Lupetto?

Meglio che chiamarti brutto. Leif disse ancora ad alta voce, «Voleva avvicinarsi al lago, prima. Magari potresti andare con lui a raccogliere dell'acqua.»

«Tu… parli con lui?» chiese ancora lei, e i suoi occhi presero a spalancarsi così tanto che quasi la sua faccia sembrò farsi tutta occhi. Non era più seduta contro la parete di pietra; adesso era in piedi, e i suoi capelli svolazzavano al vento. Avrei voluto andarmi a prostrare ai suoi piedi.

«Certo che sì. Io e lui siamo compagni da tantissimo tempo. Non è così, lupetto?»

Io lasciai andare un abbaio il più possibile simile a quello di un normale cane.

Willow fece un altro passo verso di noi, e poi i suoi occhi perlustrarono la zona. «Dov'è Brokk?», chiese. Sentii il cuore quasi sprofondare nel petto.

Stava chiedendo di me.

«Tornerà presto» le rispose Leif, ridacchiando.

Questa storia è ridicola, Leif. Dille che il lupetto sono io.

Non fino a quando non avrai vinto la sua fiducia in questa forma. Te l'ho mai detto che sei molto più carino quando sei un lupo?

Io mostrai i denti, ringhiando silenziosamente verso di lui.

Di certo hai un aspetto migliore. Con un altro sorrisetto, Leif prese ciò che mi spettava da mangiare dal fuoco, ancora mezza cruda, e la tirò verso di me. Io l'acciuffai con i denti, e mi allontanai verso il lago per poter mangiare. Non era necessario che Willow mi vedesse fare a pezzi la carne nel modo animale in cui mangiavo, trasformato in lupo.

Abbassai la testa, cercando di allontanare l'odore della carne cucinata. Il lupo la preferiva cruda, ma l'odore sembrava richiamare Willow più vicina. Le mie orecchie si drizzarono quando si avvicinò al fuoco, sedendosi su una pietra vicina a Leif. Lui aspettò che lei si mettesse comoda prima di prendere a tagliare i pezzi di carne.

«Ecco.» Si sedette a sua volta. «Assaggia questo.»

Lo portò verso di lei, prendendola in giro quando lei provò a prenderlo con le sue mani. Lei arrossì, aprendo la bocca per essere imboccata come un piccolo uccellino e mangiando dalle sue mani, ma il suo stomaco prese a gorgogliare, e la fame era troppa per poter sentire per troppo a lungo l'imbarazzo. Un sorrisetto tenero incurvò le labbra di Leif mentre la imboccava.

Vedi, Brokk? Si abituerà a noi. A questo. E poi... E poi l'avremmo sedotta, gettando a terra tutti i suoi muri, e reclamandola. Il legame d'accoppiamento si sarebbe formato tra di noi, due mostri in forma umana e una bellissima, adorabile ragazza con il potere di spezzare la nostra maledizione. Sembrava tutto fin troppo semplice.

Fin troppo semplice? È un secolo che aspettiamo il suo arrivo. Un secolo che combattiamo contro la nostra Bestia.

Io non risposi.

«Come hai fatto a diventare amico di un lupo?» gli chiese Willow.

«Lui ha salvato la mia vita, ed io ho salvato la sua» rispose Leif, continuando con quel gioco. Sembrava piacergli. Del resto, dire bugie in mezzo a piccole verità era uno dei grandi talenti del mio amico dalla lingua d'argento.

Leif aggrottò la fronte quando catturò l'eco dei miei pensieri.

Non sarà come prima, Brokk. Devi credermi.

Mi alzai, portando con me le ossa della mia colazione per potermi occupare di esse con animalesca ferocia.

Willow mi guardò andare via.

VERSO METÀ POMERIGGIO, sentivo quasi il bisogno fisico di correre nella foresta, ma il lupo voleva soltanto restare accucciato accanto alla sua compagna. Lei era seduta non molto lontana da me, e quando si rese conto che sarei rimasto fermo immobile, cominciò a tranquillizzarsi. La curiosità sembrava avere la meglio sulla paura.

«Puoi toccarlo» le disse Leif. «È innocuo. Vedi?» Si alzò, venendo al mio fianco. «Mi lascerà accarezzarlo.»

Se ti mozzassi la mano con un morso, probabilmente non ricrescerebbe più.

Se mi mozzassi la mano con un morso, potremmo scordarci Willow per sempre. Non mi morderai, disse, passando una mano sul mio pelo folto. *Non mentre lei guarda.*

Sopportai il suo tocco su di me, e il mio fratello guerriero lo mantenne miracolosamente breve.

«Adesso tocca a te, Willow» disse Leif.

Trattenni il respiro mentre lei si avvicinava. Nei suoi occhi riuscii a vedere il momento in cui parve decidere di essere coraggiosa. Si fermò, come soppesando le sue paure, e poi riprese a camminare, con la stessa determinazione che Leif aveva notato quando l'avevamo vista per la prima volta. Nessuna esitazione.

Accarezzò la mia schiena con le sue piccole dita bianche. Rilassandomi sotto il suo tocco, mi sentii prendere a fuoco all'interno, la mia Bestia quasi a stiracchiarsi, rilassandosi quando si rese conto che il mio desiderio più grande stava per avverarsi, finalmente. Poggiai il muso sulle zampe, gli occhi chiusi, lasciandomi invadere dal piacere di avere le sue mani a giocare con le mie orecchie.

«Vedi?» disse Leif. «Gli piace.»

Willow continuò ad accarezzarmi. Sembrò rilassarsi, ma le sue mani era fredde. Quando sarei tornato in forma umana, la Trasformazione avrebbe lasciato dietro una pelliccia di lupo. L'avrei data a lei, ogni singola pelliccia che la magia portava con sé alla Trasformazione, dandogliene quante più possibili fino a quando sarei riuscito a crearci un letto intero con esse. La mia compagna avrebbe dormito in comfort che non aveva mai neanche sognato, prima.

Il lupo lasciò andare un ringhio basso e soddisfatto, silenzioso così da non spaventare la nostra timida preda.

Sembrava piacergli particolarmente, l'idea di averla piena del mio profumo.

* * *

PER QUANDO SI fece quasi sera, Willow prese a sedersi accanto a me senza più essere nervosa.

Leif continuò a darle da mangiare, e poi lei si allontanò un attimo per occuparsi dei suoi bisogni, ma quando tornò da noi venne a sedersi di nuovo accanto a me, stretta vicino al mio pelo. Sembrava trovare conforto nella mia vicinanza, una cosa alla quale non potevo che faticare a credere.

Te l'ho detto, disse Leif, e sembrava tremendamente soddisfatto di se stesso.

«Le mie amiche stanno bene?» chiese lei, stringendo le dita insieme. Con un piccolo guaito le toccai le mani con il naso, e lei prese a toccare quello, invece.

«Sono tutte al sicuro» rispose Leif, guardandomi per un attimo. Non eravamo stati in grado di parlare con il branco attraverso il nostro legame. C'era troppa distanza tra di noi, e quella magia nera tutt'intorno all'isola riusciva a sovrastare persino il potere degli Alpha. «Non tutte sono fuori dal pericolo, però. Sappiamo che gli Uomini Grigi hanno attaccato.»

«Che cosa sono gli Uomini Grigi?» chiese lei.

«Servitori del Re Cadavere, uno stregone cattivo il cui unico scopo è quello di riunire il mondo sotto il suo regime. Trova il suo potere nella tua specie, sposandovi e portandovi a letto.»

«La mia... specie?»

«Sì. La magia ti scorre nel sangue. Fai parte di una razza speciale di donne, con un potere che ti permette di...» esitò, non sapendo bene come spiegarlo, ma gli occhi di Willow erano persi sul lago oltre lui.

«Magia...», sussurrò. «Come può essere possibile?»

«Noi siamo convinti che la magia dentro di voi resti latente fino a quando non vi sposiate.» Leif, con il suo solito fare attraente, riuscì a mettere la frase in modo tale da farle capire cosa volesse dire.

Il mio lupo sbuffò. I lupi non si sposavano, loro si accoppiavano, e per sempre. Il legame dei Berserker andava molto più a fondo di un semplice voto o una promessa umani. Una volta stabilita una connessione mentale con Willow, saremmo diventati una persona sola.

E il legame fraterno che legava me e Leif era ciò che ci permetteva di prendere una donna insieme, senza farci la guerra. Senza di esso, ci saremmo ritrovati a combattere fino alla morte per decidere chi sarebbe stato a reclamarla, e la nostra Bestia avrebbe preso le nostre menti fino a farci morire entrambi.

«Io non credo nella magia» disse Willow, stringendo le gambe al petto.

«E che mi dici dei tuoi dei? Hai vissuto la tua vita in un posto sacro, in mezzo a gente religiosa. Non hai mai visto i loro poteri?»

«No» disse, stringendo le gambe con le sue braccia. «Per tutti questi anni non ho fatto altro che pregare, e pregare. Nessuno ha mai risposto» disse, forse più a se stessa che a noi.

«E che mi dici delle streghe, o dei veggenti?»

«Il frate ci ha sempre parlato male di loro, ci ha sempre detto di non credere a queste cose.»

«A volte gli uomini non possono far altro che odiare ciò che non comprendono. O ciò che non possono controllare» disse Leif, e per una volta mi ritrovai ad essere grato di quella sua lingua tagliente. «C'è il male, ma c'è anche il bene nelle cose.»

Willow alzò la testa, ed io le scostai di nuovo la mano con il naso. Lei prese ad accarezzarmi di nuovo.

«La magia che possiedi dentro di te è una cosa sottile. Non si manifesta come potresti pensare. Con voi, funziona più attraverso le erbe e il saper curare. Sicuramente non puoi dirmi di non avere questa capacità?»

«Se davvero esiste la magia, in questo mondo, io non ne ho alcuna» disse lei. «Tutto quello che ho è la malattia con cui convivo da tutta la mia vita.»

«E qual è la natura di questa tua... malattia?» le chiese Leif. Willow si limitò a guardare verso l'orizzonte, dove la Luna si sarebbe presto fatta alta nel Cielo, ma non disse nulla.

«E se potessi provarti che esiste, la magia?» le chiese ancora Leif.

Attento, dissi attraverso il legame, facendomi rigido. *Questo non è un gioco, Leif.*

Lei è forte, Brokk. Facciamole vedere. Diciamole la verità. Glielo dobbiamo.

Sarai tu ad occuparti delle conseguenze, allora. Le mie parole avevano un sapore amaro. La sua follia sarebbe stata sempre una mia responsabilità. Avrebbe sempre gravato sulle mie spalle.

Willow rimase seduta, ferma e fiduciosa mentre io mi avviavo verso il campo vuoto di fronte a lei. Il Sole era ancora in Cielo, sopra di noi. Alla sua luce, riuscivo a vedere ogni singola lentiggine, ogni singola ciglia scura sulle sue palpebre in movimento.

Spero per te che questa sia la scelta giusta.

Leif restò in silenzio. Ci trovavamo in campo sconosciuto, per noi. Non avevamo mai provato a sedurre una compagna. Ci eravamo sempre e solo occupati di acciuffare una preda.

Alzai il muso, Trasformandomi. La magia prese a scorrere dai miei piedi fino alla mia testa. A volte, cambiare forma mi faceva male, ma quella volta non sentii dolore. Un vento leggero soffiò intorno alla radura mentre mi alzavo, ritornando in forma umana.

Per quando mi misi dritto, nudo se non per un perizoma a coprire le mie parti basse e una pelliccia sulle spalle, la donna era tornata a rintanarsi contro una delle pareti basse di pietra. Tremante, si morse le labbra, cercando di scacciare via le lacrime.

«Va tutto bene» raschiai, la voce troppo bassa e gutturale per essere considerata normale, la mia gola intenta a ricordarsi come produrre suoni umani un'altra volta.

La sua paura richiamava la parte più oscura dentro di me. Non quella di lupo, non quella di uomo, ma la parte più profonda, quella legata alla Bestia. Quella che voleva distruggere i suoi nemici, metterla a terra e reclamarla, farle sapere che sarebbe stata nostra per sempre.

«Brokk» mi richiamò Leif, ed io smisi di avanzare verso la donna fragile di fronte a me. Alla fine, fu lui ad avvicinarsi a lei, invece, confortandola mentre io andavo via. Mi sarei Trasformato nuovamente in lupo, e sarei andato a caccia.

Avrei preferito fare qualsiasi cosa, piuttosto che restare lì sotto quel suo sguardo terrificato.

LEIF

«*Willow*, stai calma. Va tutto bene. C'è della magia, dentro di noi, ma non ti farà del male.» Almeno, non le avrebbe fatto del male se fossimo riusciti ad accoppiarci presto, e a mettere a tacere la Bestia.

Lei scosse la testa, e restò acquattata contro la parete, le braccia strette intorno alle gambe. Odiavo la paura fredda che le aveva contorto il viso. Aveva cominciato a fidarsi di noi, ed io avevo appena rotto quella fiducia.

La lasciai per i fatti suoi per il resto del pomeriggio. Lei rimase ferma e rigida, in silenzio. Quando prese a tremare per il freddo, non mi permise neanche di avvicinarmi per coprirla con una pelliccia. La lasciai per terra, vicino a lei, così da poterla prendere da sola, ma quando mi girai la sentii prenderla e gettarla via. Combattei per tenere nascosto il sorrisetto che minacciò di curvarmi le labbra quando sentii il suo sguardo infuocato su di me. Preferivo di gran lunga la sua rabbia alla sua paura e tristezza. Quando si fosse calmata, avrei trovato un altro modo per riavere la sua fiducia.

Nel frattempo, più di una volta provai a testare il legame con il resto del branco, ma il filo restava sconnesso e silenzioso. Ci eravamo allontanati così tanto che neanche la chiamata forte degli Alpha riusciva a raggiungerci. Oppure, il Re Cadavere aveva trovato un modo per rompere il legame tra di noi, come io e Brokk temevamo in realtà.

Anche solo il pensiero veloce del nostro nemico risvegliò la Bestia dentro di me, riportandola in superfice. Nascosi le mani, le unghie già pronte ad uscire. Stringendo i denti, combattei contro la Trasformazione che minacciava di avvenire.

Brokk. Ho bisogno che torni. Dobbiamo legare con lei, in fretta. Cercai di prendere la forza che mi serviva dal legame con il mio fratello guerriero, come avevo fatto tante altre volte in passato. Fingendo di aver bisogno di fare i miei bisogni, mi nascosi dietro una parete e strinsi forte tra le mani la pietra di fronte a me, costringendo il mio corpo a restare nella sua forma umana. Avevamo già spaventato Willow abbastanza, per quel giorno. Pregai con tutte le mie forze che lei non dovesse mai vedere, né ora né in futuro, la Bestia tremenda in cui potevamo trasformarci quando la rabbia prendeva il sopravvento.

Brokk. Fratello. Per favore.

Lui continuò a bloccarmi fuori dal legame. Il tramonto prese ad avvicinarsi, ed io mi ritrovai a non fidarmi neanche di me stesso.

Non puoi lasciarmi completamente da solo con lei, Brokk. Non è sicuro. Che fosse dannato lui, per portarmi al punto di doverlo pregare. Ero sempre stato quello più debole, tra i due, e lui trovava piacere nel ricordarmelo.

«Leif?» mi chiamò Willow dopo un po'.

«Un momento» ringhiai in risposta, la voce roca e bassa. La mia testa pulsava dolorosamente per lo sforzo di combattere contro la Trasformazione, ma alla fine riuscii a trovare la forza necessaria a riprendere il controllo della situazione, e uscii fuori dal mio nascondiglio.

Willow si era alzata dal suo posto, ma non aveva fatto un singolo passo avanti. «Potrei avere un po' d'acqua?»

Forzai un sorriso. «Certo che sì, piccola. Vieni con me, andiamo verso il lago.»

Lei si avvicinò a me. L'avevo liberata dalla corda e dal mio bracciale d'argento la notte prima, mentre dormiva, ma per quanto amassi il suo collo nudo e spoglio, non potei fare a meno di sentire una punta di mancanza. Mi piaceva vederlo circondato dal mio anello.

«Ho bisogno che tu mi prometta che non proverai a scappare. Questa foresta ci è sconosciuta. Non sappiamo che cosa si aggiri nei paraggi.»

«Non scapperò.»

«Se lo farai, dirò a Brokk di punirti.»

Il suo odore si fece diverso, e alle narici mi arrivò la sua eccitazione. Il mio cazzo rispose immediatamente. Per un momento mi si appannò la vista, ma la Bestia non prese il controllo. Restò semplicemente a guardare, in attesa nelle ombre, curiosa nei confronti di quella piccola creatura fragile, con la fronte aggrottata e lo sguardo su di me.

«Ti piace l'idea di essere punita?»

«Cosa? Certo che no!» disse, facendo un passo indietro.

Io ringhiai, un suono gutturale e profondo. «Non scappare via da me, Willow. Ti inseguirò e ti acchiapperò senza neanche dovermi sforzare.» Il suo odore si fece più forte, il desiderio di una profetessa, impaziente di essere reclamata. «Ti sto solo avvertendo, piccola. Sono più predatore che uomo. Ma se farai come ti dico, sarai al sicuro.»

Lei si morse il labbro, i suoi pensieri a danzare dentro i suoi occhi. Una parte di lei voleva scappare; l'altra, invece, sapeva di non doverlo fare.

«Andremo al lago», le dissi. «E tu starai al mio fianco, e mi obbedirai. Oppure vuoi rischiare di finire tra le grinfie degli Uomini Grigi?» I servitori del Re Cadavere non sarebbero venuti in questo posto, specialmente così vicini all'acqua, ma non potevamo rischiare.

Rabbrividendo, lei scosse la testa. «Hai la mia parola. Non proverò a scappare.»

«Allora andiamo.» Allungai la mano verso di lei, e lei la ignorò completamente. Così, invece, afferrai il suo polso.

Il battito del suo cuore mi scorreva sulle dita. Le feci strada, il mio cazzo a farsi sempre più duro ad ogni singolo passo. La Bestia aveva bisogno di reclamarla, di proteggerla, di dominarla. Willow faceva crescere tutt'e tre quei bisogni dentro di me. Non avrei mai potuto immaginare di trovare qualcuno di più perfetto.

La portai verso il piccolo torrente prima del lago, l'acqua dolce abbastanza da poter essere bevuta. Lei s'inginocchiò di fronte a me, riempiendo le mani chiuse a coppa, e bevve fino a quando le sue guance pallide non si fecero di nuovo rosee sotto i suoi capelli neri e selvaggi. Io tenni a bada la mia stessa sete, restando piuttosto in allerta e controllando intorno a noi. Il mio naso, intento a fiutare l'aria, mi disse che eravamo al sicuro, ma il Re Cadavere aveva più di un'arma. Se ci avesse trovato, avrebbe potuto gettare un incantesimo su di noi, e noi saremmo stati inermi contro di esso.

Una volpe ci guardò dall'altro lato della riva. Gli mostrai i denti, lasciando il predatore dentro di me mostrarsi dentro i miei occhi. La creatura scappò a gambe levate.

Willow mi guardò studiare il lago e oltre, verso gli alberi dall'altro lato della sponda. Il mio lupo amava particolarmente quelle sue attenzioni, i suoi occhi su di me.

Le feci l'occhiolino, e la sua fronte si aggrottò leggermente. I miei occhi dovevano essersi fatti dorati a causa della magia.

«Anche tu sei...» cominciò, fermandosi poi a leccarsi le labbra.

«Un lupo?» finii io per lei. «Sì, lo sono.È una lunga storia, ma la farò breve. Brokk ed io siamo antichi guerrieri. Un tempo combattevamo per un Re nelle Terre del Nord. Lui decise di mandare un gruppo di noi da una strega, pensando che i suoi incantesimi ci avrebbero resi invincibili.» Restai in silenzio per qualche momento. Non volevo perdermi nella spiegazione di quanto orgogliosi, quanto forti ci fossimo sentiti nell'essere quelli *scelti*, quelli considerati *migliori* per diventare più forti di qualsiasi altra cosa. Né mi andava di spiegarle l'orrore provato, invece, quando una volta svegli ci ritrovammo con la Bestia a combattere per venire fuori, le mani piene di sangue e i corpi innocenti di chi avevamo massacrato tutt'intorno a noi… le nostre vite maledette, per sempre.

«L'incantesimo ha funzionato?»

«Ci ha resi molto potenti, sì. Ma c'è sempre un prezzo da pagare, quando c'è il potere.»

Le afferrai con gentilezza il polso un'altra volta, camminando di nuovo verso i resti del castello.

«Sei Norvegese?»

«Sì.» Nella strada verso le rovine trovai un grande albero pieno di mele verdi, e ne lanciai una verso di lei. «Arrivammo su quest'isola per reclamarla per il Re Harald Fairhair, ma poi restammo qui.»

Le sue sopracciglia si unirono immediatamente. «Quel Re ha regnato su quest'isola molti anni fa…»

«Più di un centinaio, sì. La magia ha allungato le nostre vite… uno degli effetti del post-incantesimo.»

Lei si fece pallida un'altra volta.

«Hai sentito parlare di quel Re. Conosci la storia di quest'isola, allora?»

Lei annuì, ancora rigida. «A volte, in abbazia arrivavano frati viaggiatori. Erano gentili abbastanza da fermarsi a parlare con noi orfane, e ci insegnavano qualcosa.»

«Parlami delle tue amiche.»

«Delle mie amiche?» mi chiese, come sorpresa di sentirmi interessato a riguardo.

Io annuii.

«Siamo arrivate in abbazia ad età e momenti differenti. Le mie amiche più strette sono Sage, Laurel ed Ivy. Oh, anche angelica, Sorrel, Rosalind… ma loro sono più piccole di noi.»

Diedi un morso alla mia mela. «E siete tutte orfane?»

«Alcune sono arrivate in abbazia dopo la morte dei loro genitori. Altre sono state lasciate lì da famiglie che avevano già troppe bocche da sfamare. I loro genitori le hanno abbandonate… le riconosci, perché sono quelle che non hanno i nomi di erbe e piante. Sage ed io siamo arrivate appena nate.» Prese a giocare con la sua mela, aggiungendo poco dopo, la voce un sussurro, «Io mia mamma non l'ho mai conosciuta.»

Gettai l'osso della mela lontano. Brokk ed io avevamo avuto delle famiglie, un tempo. Ma era passato così tanto tempo, ormai, che a malapena riuscivamo a ricordarle. Non sarei stato in grado di darle conforto sotto quel punto di vista, ma presto non avrebbe più avuto bisogno di conforto, in ogni caso. Saremmo stati noi, Brokk ed io, la sua nuova famiglia.

«Siete tutte profetesse.»

Le pieghe tra le sue sopracciglia tornò un'altra volta. «Ogni singola donna in abbazia?»

«Forse non tutte quante, ma certamente voi orfane lo siete. Il frate ha sempre e solo preso ragazze con sé, non è vero?»

«Sì, ci giurerei tutto quello che ho. Tutte voi avete dentro una magia naturale, un'affinità con la terra. Scommetto che ognuna di voi, o almeno qualcuna di voi, sa come utilizzare le erbe per creare medicinali. Gli stessi medicinali che, sono certa, al prete non andavano bene... perché funzionavano sempre. Non è vero?»

«Sì», disse lei. «Lo sappiamo fare tutte, ma... questo ha sempre fatto parte dei nostri doveri. Non significa che siamo streghe.»

Io scossi la testa. «Le profetesse non sono esattamente streghe. Le streghe prendono il loro potere da elementi esteriori. La vostra magia viene da dentro.»

Willow strinse le mani, fissando il terreno sotto di lei.

«In questo momento è difficile sapere per certo quali siano le tue abilità, con esattezza. Ma hai tutto il tempo di scoprirle e impararle da sola. C'è un'altra cosa... un altro segno, che rende chiaro il vostro essere profetesse. Una cosa che vi porta al massimo del vostro potere.»

«E cos'è?»

«Il Calore d'accoppiamento» dissi con calma, con lentezza, assaporando quella sua espressione.

Il rossore sulle sue guance si palesò immediatamente. Forse non avrebbe dovuto piacermi così tanto, prenderla in giro, ma quella reazione lo rendeva tremendamente difficile non trovarlo divertente.

«Non so di cosa tu stia parlando.» Si alzò in piedi, prendendo a camminare di nuovo verso il campo su cui ci eravamo fermati.

Quando afferrai il suo braccio, lei si fermò immediatamente. «Stai attenta, piccola prigioniera» dissi, alzando il naso e annusando l'aria. «I lupi riescono a sentire le bugie.» Mi feci più vicino. «E sai cos'altro riusciamo a sentire?»

Le sue guance si fecero di un rosso ancora più intenso, rendendola ancora più bella. Quasi mi ritrovai a mandare l'immagine a Brokk, prima di ricordarmi che il legame era ancora chiuso.

«Il tuo Calore ti permette di legarti per sempre ad una

creatura magica. È per questo che il Re Cadavere vi cerca con così tanto ardore. Perché vi vuole come mogli.»

Lei ridacchiò, un suono tremante, non particolarmente divertito.

«Che c'è di divertente?»

«Niente» disse, scuotendo la testa. «Fino ad un giorno fa, non avevo mai neanche rivolto la parola ad un uomo. E adesso sono qui, con due, e uno dei due mi dice che c'è uno stregone, in giro, che vuole prendermi per sposarmi. È incredibile.»

«Perché credi che sia incredibile?» chiesi, e quando la sua risposta non arrivò, dissi. «Lo stregone non è l'unico che vi cerca per questo scopo.»

Il suo viso si alzò immediatamente, cercando i miei occhi. «Vuoi dire—»

«Sì, Willow. Voglio dire che ciò che sei ti rende la sposa Berserker perfetta.»

WILLOW

«*B*erserker!» squittii. «È questo che siete?»

«Sì.» Il sorrisetto di Leif era bianco e appuntito.

Io staccai il mio braccio dalla sua presa. «Quindi la realtà è che sono qui perché devo essere la *vostra* sposa.»

Lui inclinò la testa con quel suo fare arrogante. Avrei voluto prenderlo a schiaffi.

«E dove dovremmo vivere? Qui?» chiesi, facendo un gesto verso le rovine. Il posto sembrava perfetto per quelle bestie. Selvaggio, isolato. «Oppure in una caverna dentro la foresta?»

Il viso di Leif si fece improvvisamente serio. «No, Willow. Ti stiamo portando nelle montagne, dove si trova la nostra casa. Vivremmo vicini al branco, in una casetta che costruiremo appositamente per te.» Le sue dita afferrarono una ciocca dei miei capelli, portandola dietro il mio orecchio. Quando parlò di nuovo, la sua voce si era fatta più soffice e gentile. «Tu appartieni a noi, Willow, e più di qualsiasi altra cosa, noi ci prendiamo cura della nostra compagna.»

Presi un respiro profondo. «D'accordo.» Che cosa avrei

dovuto dire contro ciò che mi aveva appena detto? Ad ogni secondo che passava, quei guerrieri sembravano capaci di dire una cosa più oltraggiosa dell'altra.

Avevo passato l'intera giornata a pensare ad un modo per poter scappare. Il piano migliore che mi era venuto in mente era quello di prendermi il mio tempo e provare a rendermeli amici, fargli abbassare la guardia intorno a me. Ma quella sera, in Cielo si sarebbe alzata la Luna piena. Che cosa avrei fatto, allora?Leif continuò a camminare dietro di me mentre io scalavo la collina per tornare alle rovine. I peli delle braccia si alzarono immediatamente quando mi ritrovai a pensare che dietro di me sembrava esserci un predatore intento a seguirmi. Il che, supposi, non era poi per niente lontano dalla realtà.

Mi sedetti su una delle pareti più basse mentre il guerriero si occupava di accendere il fuoco. Non avrei dovuto passare il tempo a fissarlo, ma non riuscii ad evitarlo. Il suo viso perfetto richiamava la mia attenzione. Le sue mani lavoravano velocemente, forti e sicure. Non potevo evitare di immaginarmele intente ad accarezzare i miei seni. Ed ogni singolo sguardo che mi lanciava sembrava fatto di fuoco, caldo e potente come le fiamme di fronte a lui.

La Luna si alzò in Cielo lentamente, e insieme a lei il mio terrore. Presto, il Calore mi avrebbe reclamata, ed io non avrei avuto soltanto il mio rapitore contro cui resistere—ma il mio stesso desiderio.

Sentii la pelle formicolare. Leif era fermo dietro di me, il suo odore ad arrivarmi dritto nelle narici. «A cosa stai pensando, Willow?» I suoi capelli mi pizzicavano le spalle, il suo respiro dritto sul mio orecchio.

«Nulla.» Mi girai verso di lui, dando le spalle al Sole. Eravamo così vicini che sarebbe bastato poco a toccarci. Mi portai le mani dietro la schiena, per resistere ad ogni tentazione.

Lui inclinò la testa. «Non mi sei ancora venuta contro.»

«Dovrei?»

«Mi aspettavo di sentirti rifiutare il tuo diventare nostra compagna. Se hai qualche dubbio, farò del mio meglio per convincerti.» Mi fece un sorrisetto, i suoi canini in bella vista.

«Per tutto questo tempo, sono stata convinta che il frate ci tenesse lì dentro aspettando soltanto che per ognuna di noi arrivasse un uomo capace di pagare un prezzo alto abbastanza da fargli considerare l'idea di liberarsi di ciò che gli permetteva di non fare assolutamente nulla e continuare a guadagnare qualcosa allo stesso momento.» Scrollai le spalle, assicurandomi di scegliere le parole accuratamente in modo tale da non dire bugie, ma da non fargli capire che avevo intenzione di scappare alla prima occasione. «Per tutti questi anni siamo state addestrate ad accettare il nostro destino, qualcuno esso fosse. Non ci vedo niente di diverso, in questa situazione.» Niente, se non per il modo in cui il mio cuore sembrava scapparmi fuori dal petto ogni singola volta che mi trovavo vicino a lui, o a Brokk. Niente, se non per l'ondata di energia che sembrava investirmi completamente al pensiero di essere toccata da loro. Incrociai le braccia al petto. «Persino il frate si prendeva ciò che voleva, da noi. Non ha mai toccato me, ma toccava le altre. E ci ha sempre reso chiaro che non dovremmo fare altro che abbassarci al volere degli uomini.»

Lo sguardo che Leif mi rivolse sembrò carico di rabbia, e mi sentii quasi incenerire sotto di esso. Quasi come gli avessi rivolto un grandissimo affronto. Forse, ai suoi occhi, l'avevo fatto davvero. «Noi non abbiamo *niente* a che spartire con quella feccia, Willow. Noi non ti forzeremmo mai, non ci prenderemmo mai qualcosa che tu non vuoi, non ti toccheremmo mai senza il tuo consenso, senza sapere che sei pronta per questo. Non ti toccheremo fino a quando non sarai tu stessa a bruciare per il nostro tocco, fino a quando non sarai tu stessa a pregarci di mettere le nostre mani su di te.»

Mi allontanai di un passo, lasciando andare un sussulto simile ad un singhiozzo. Come aveva fatto ad indovinare i miei pensieri?

Quando parlò di nuovo, ancora una volta la sua voce era più dolce. «Non sarà ai nostri desideri che ti sottometterai, Willow, ma ai tuoi.»

«No… è sbagliato» dissi. «Avete preso la donna sbagliata. Dovreste riportarmi indietro.» Forse non avrei avuto bisogno di scappare. Forse avrei potuto convincerli a lasciarmi andare. Avrei potuto trovare un modo per sopravvivere, avrei potuto lavorare. Avrei potuto trovare un altro villaggio, un nuovo villaggio, e diventare una serva, guadagnare qualcosa. «Non mi volete davvero.»

Dita forte e gentili si strinsero intorno alle mie braccia, spingendomi verso di lui. Non potevo liberarmi, ma mi rifiutai di incontrare i suoi occhi.

«Willow…» sussurrò lui, e in quel richiamo ci sentii disperazione. Tristezza. Bisogno. «Non puoi neanche immaginare quanto ti vogliamo, Willow… davvero. Ma non ha importanza. Sarà nostro piacere fartelo vedere. È da quando la strega ci ha maledetti che ti cerchiamo, Willow.»

«Cosa?»

«Una parte di noi è… sporca. La chiamiamo la Bestia, e ogni giorno lottiamo per non farla liberare. Perché quando lo fa, noi non conosciamo più nulla. Non capiamo più nulla. La sua rabbia ci acceca, ed è pericolosa. È in grado di uccidere qualsiasi cosa vivente incontra nel suo cammino, molto simile a ciò che il Re Cadavere vuole fare. Tu sei l'unica cosa che riesce a fermarla. Sei l'unica cosa che calma la Bestia.»

«Io? Ma come potrei mai? Non conosco nemmeno il mio potere.»

«Ancora. Non lo conosci, ancora. Ma imparerai» disse. «E sarà un onore, insegnarti.»

«E che ne è delle mie sorelle orfane? Che cosa vuole il branco da loro?»

Leif mi guardò, paziente.

«No...» dissi, indietreggiando.

«Va tutto bene, Willow. Sono al sicuro. Saranno accoppiate ai nostri amici, e posso prometterti che le tratteranno con cura.»

«Dovete lasciarle andare!» Le mie argomentazioni non l'avrebbe scalfito, ne ero certa, ma avrei dovuto almeno provare. Sage non voleva essere una moglie. Sage non voleva neanche essere toccata da un uomo! Neanche io volevo, ma per me era diverso... il mio corpo mi tradiva.

«Non sarà mai fatto loro alcun male» provò a calmarmi Leif.

«No, tu non capisci. È meglio per tutti tenerci rinchiuse, lontane dalla presenza degli uomini!»

«Non ti piacciono gli uomini?» mi chiese Leif, inclinando la testa di lato, come confuso. «E allora perché l'aria è piena del tuo odore?»

Le ombre riuscirono a nascondere il rossore improvviso delle mie guance. «Per favore, non parlare di questo...» sussurrai.

«Hai paura, piccolina?» mi chiese Leif, la fronte aggrottata.

«Non è di noi, che ha paura», parlò una voce profonda e bassa da dietro una parete. «Lei ha paura di se stessa.»

BROKK

*C*amminai tra le rovine, piegato sotto il peso dell'enorme carcassa che portavo in spalla. L'ultimo dei raggi del Sole seguì il mio cammino verso il fuoco, dove feci cadere la nostra cena.

«Qualche problema con la caccia?» mi chiese Leif.

Io gli feci un cenno di diniego. Avevo passato tutto il pomeriggio a preparare la carcassa, lasciandola dissanguare piegata su una roccia mentre il mio lupo si godeva l'odore del sangue. Quello che avevo portato ci avrebbe fatto da cibo per un bel po' di tempo. La prossima volta che avrei sentito il bisogno di andarmene via, avrei dovuto trovare una nuova scusa.

«Dovremmo festeggiare, allora!» annunciò Leif, gli occhi luccicanti. «Vado a tagliare la legna per fare uno spiedo!» continuò poi, prendendo la sua ascia e saltando oltre una delle pietre vicino il lago. Un uomo normale non sarebbe mai riuscito a sopravvivere a quel salto, ma, un momento dopo, i capelli rossi di Leif fecero capolino dentro la foresta.

Codardo, gli dissi attraverso il legame.

È il tuo turno con lei, adesso. Sembrava avermi già perdonato per averlo lasciato da solo con lei per tutto quel tempo.

Willow accorse verso la parete da cui Leif aveva salvato, ma si fermò poco prima di superarmi. «Sta bene?»

«Sì. Non temere per lui. Ci sono poche cose in grado di uccidere un Berserker.» Avevo sentito qualcosa della loro conversazione attraverso il legame. Leif lo aveva lasciato aperto per me, come se sapesse che non sarei riuscito a resistere alla tentazione.

Mi andai ad occupare di preparare il cibo vicino al fuoco. Willow restò indietro. Per un attimo, mi chiesi se avrebbe cominciato a parlare di ciò che era successo quella mattina, ma invece non disse nulla.

Potresti cominciarla anche tu, una conversazione, sai?

«Per la barba di Odino, ma tu non stai mai zitto?»

«Cosa?» chiese Willow.

«Niente.» Sarebbe stato meglio restare in silenzio, per evitare di spaventarla ulteriormente e portarla a piangere tra le braccia di Leif un'altra volta. Il ricordo di quel momento mi faceva diventare pazzo. Senza pensarci, staccai la gamba della carcassa con un movimento semplice e veloce, prima di ricordarmi che un uomo normale non sarebbe mai stato in grado di fare una cosa del genere.

Il viso di Willow si fece immediatamente più pallido sotto le sue lentiggini, ma non corse via da me.

«Scusami» mormorai, e mi spostai per nasconderle quella visione.

Lei si fece più vicina, e prese ad occuparsi del fuoco. Avanti e indietro, avanti e indietro, e mano a mano il fuoco ormai estinto prese a scoppiettare di nuovo, tornando in vita. Quando Willow finì di prepararlo sbatté le mani l'una contro l'altra, e rimase più vicina a me di quanto mi sarei potuto aspettare.

Odiavo l'eccitazione che provavo anche solo ad averla accanto.

«Sei andato via per molto tempo», disse.

Io grugnii.

«Questa carcassa è molto grande» disse, dopo qualche minuto. «Abbiamo in programma di restare qui per molto?»

«Per quanto basta. Siamo in grado di uccidere gli Uomini Grigi, ma di loro adesso ce ne sono troppi, e non possiamo mettere a rischio la tua sicurezza. Leif ti ha detto la verità. Siamo stati molti anni a cercare ed aspettare una donna che potesse spezzare la nostra maledizione. Non ti metteremmo mai in pericolo. Questa è la prima volta che ci è capitato di trovare così tanti Uomini Grigi in un solo posto.»

«Il Re Cadavere ne è la causa» disse Leif, tornando da dovunque fosse andato con uno spiedo perfetto. «Gli piace collezionare profetesse.»

«Collezionarci?»

«Sì.» La guardai con occhi seri. «Ed è ancora alla vostra ricerca, quindi è importante che tu resti vicina, e che ascolti le nostre parole.»

Lei deglutì, sedendosi vicina a noi mentre io e Leif ci occupavamo della carcassa.

«Perché ci vuole?»

«Perché la sua magia si nutre del sangue delle profetesse», dissi.

Brokk!, mi riprese Leif. «Hai della magia dentro di te, Willow. Fai parte di una razza speciale.»

«Non ci credi?» chiesi allora io.

Willow scosse la testa. «Voi siete i primi da cui sento parlare di questa cosa.»

«È la verità, Willow», disse Leif. «Tu sei stata portata in abbazia—»

«Perché mia madre mi ha abbandonata!»

«Tua madre non ti ha abbandonata» scattai io. «Non ho

LEE SAVINO

dubbi che gli Uomini Grigi l'abbiano trovata, seguendo l'odore magico del suo sangue, l'abbiano presa e poi abbiano lasciato te in abbazia per crescere lì, sotto i loro occhi.»

Capii di aver detto la cosa sbagliata solo quando fu troppo tardi. Il volto di Willow si era già fatto troppo pallido.

«Mia madre...» sussurrò lei.

Ricordai troppo tardi ciò che aveva visto al villaggio con i suoi stessi occhi. La sua espressione si fece addolorata, e girò il viso via da noi.

Perché mai hai detto una cosa del genere? mi chiese Leif, correndo al suo fianco.

Io sbuffai.

«Vieni qui, piccola. Va tutto bene. Stai bene.»

«No» disse, asciugandosi gli occhi. «Mi state mentendo. Non voglio più ascoltarvi.» Corse via, verso una delle rocce più alte.

«Vai da lei.» Leif strinse i pugni lungo i fianchi, il pelo a crescere sulle sue braccia, gli occhi dorati. La sua Bestia era troppo vicina alla superfice per poter rischiare di inseguirla.

Eppure, non potei fare a meno di guardarlo scioccato. «Io? Che cosa posso mai fare, io?»

«Usa le parole. Tranquillizzala.»

Scossi la testa. Non avevo mai saputo come essere dolce e premuroso. Ero un guerriero. Non sapevo nulla di come si corteggiasse una donna. Ma avrei fatto qualsiasi cosa per farla smettere di piangere.

Willow sedeva su una piccola pietra alla fine del campo, il viso rivolto verso il lago. Aveva ancora la pelliccia sulle spalle, e la teneva stretta tra le mani, sul suo corpo. Il gesto mi diede un po' di speranza.

«Perdonami, Willow. Dico spesso la cosa sbagliata. Mi chiamano Faccia di Pietra, e per un motivo» ammisi. «Sono come una roccia, in battaglia... ma non ho idea di come usare la lingua in maniera intelligente, quando si tratta di parlare.»

Lei sorrise leggermente, ma non ci trovai nessuna gioia nel gesto.

«È tutto... così tanto. Troppo.» Si asciugò le lacrime.

Io lasciai andare un sospiro.

Vai da lei, mi disse Leif. *Mettile un braccio intorno alle spalle!*

Esci fuori dalla mia testa, cretino, risposi, ma senza cattiveria.

«Vieni da me» ordinai, allungando una mano verso di lei. Willow restò ferma, per un po', ed io rimasi ad osservarla fare la sua decisione. Si morse il labbro prima di prendere le sue gonne e fare come le avevo ordinato.

Non mi aspettai di vederla protestare. La strinsi tra le mie braccia, tenendo la sua testa contro il mio petto. Per un attimo, tremante, trattenne il respiro. Poi si fece rigida. E poi, lasciando andare un piccolo sospiro, Willow lasciò che il suo corpo si rilassasse contro il mio. Aspettai per un minuto, inalando quanto più potessi di quel suo odore meraviglioso. I nostri cuori presero a battere all'unisono.

«Non sono un uomo particolarmente gentile, Willow» le dissi. «Le mie parole sono taglienti come un coltello... e non sono intelligente come Leif. Ma voglio dirti questo.» Spostandomi, scostai i capelli via dal suo collo, poggiando la mia mano su di esso, le mie dita a stringersi con delicatezza intorno alla sua gola. «Se avessi saputo che gli Uomini Grigi sarebbero venuti a prenderti e portarti via da tua madre quel primissimo giorno, io sarei venuto a vegliare su di te da quello stesso momento. Ma non c'ero, e ti chiedo scusa. Ci sono, adesso. E da oggi in poi, Willow, i tuoi nemici sono i miei nemici, e non c'è niente che potranno mai fare, che riuscirà a permettergli di sorpassare me per arrivare a te. Niente può resistere, contro un Berserker.»

LEIF

L'enorme cervo intento a cucinare sul fuoco per cena non fece molto per alleggerire la tensione. Willow rimase in silenzio, stringendo le dita insieme e sistemando più volte la pelliccia sulle spalle. Eppure, nonostante tutto ciò che era successo, sembrava essersi finalmente arresa alla sua cattura.

Quando prese a lasciare il suo cibo, Brokk scosse la testa. «Devi mangiare di più» le ordinò, tagliando un altro pezzo di carne e porgendoglielo, le braccia strette attorno al suo petto fino a quando lei non mandò giù il boccone. Nascosi il mio sorrisetto. Quei due si stavano avvicinando. Non importava che Brokk fosse spinoso e i suoi modi troppo bruschi; Willow stava cominciando a fidarsi.

«Tieni, prendi una cipolla.» Le diedi un anello, ancora infilzato sul coltello. Ne avevamo trovate alcune, e avevamo deciso di cucinarle insieme alla carne.

«Sono piena» mormorò, ma quando le feci segno di prenderla un'altra volta, lei non se lo fece ripetere ancora, e la mandò giù.

«Brava bambina. Ti faremo crescere la carne intorno a quelle ossa in pochissimo tempo.»

Lei alzò gli occhi al Cielo, ma mentre Brokk ed io continuavamo a mangiare la nostra cena, lei si mise più comoda sopra le pellicce per terra, una mano sullo stomaco, e si lasciò andare ad un sospiro soddisfatto. Il mio lupo si sentì immediatamente felice: la nostra compagna sembrava contenta.

«Luna piena, stanotte» disse Brokk.

Willow si mise nuovamente in piedi. Allarmati da quel cambiamento improvviso, Brokk ad io ci alzammo per metà insieme a lei, in allerta contro qualsiasi possibile pericolo.

«Che succede, piccola?»

«La—la Luna...» balbettò. «Devo... dovete starmi lontani.»

Io aggrottai la fronte. «Perché? Che succede?»

«La febbre... mi prende. Non so cosa sia», ammise. «Ho pregato più e più volte per essere liberata da questa malattia.»

«E quali sono i sintomi di questa febbre?» chiese Brokk. Io e lui avevamo lo stesso pensiero, in mente.

«Per favore, non... non costringetemi a dirvelo.»

Lasciai andare un ringhio basso, non diretto a lei. Il mio lupo si faceva agitato al sentire la sua paura, e la Bestia si svegliava.

Mantieni la calma, fratello, mi disse Brokk, aprendomi la sua mente e facendomi attingere al suo controllo. Ad alta voce, disse, «Dicci, Willow.»

Aspettammo, e quando capimmo che la donna non avrebbe detto nulla, continuò, «Parlaci di questo calore che ti prende. Dove lo senti? Sui tuoi seni? Nella tua vagina?»

Non avevo bisogno della luce per sapere che le sue guance si erano colorate di rosso.

Lei annuì.

«Non è una malattia. Non c'è niente che non va, in te, e in

nessun'altra donna che prova le stesse cose. Il calore che ti prende è una delle ragioni per cui sei perfetta per noi. Il tuo odore ci chiama» disse Brokk. «E allo stesso eccita e calma la Bestia. Se ti sottometti a noi, starai meglio.»

Lei scosse la testa, in diniego.

«Sì» disse Brokk, mettendosi dietro di lei, bloccando la sua possibile fuga se solo ci avesse provato. «Possiamo curare la tua febbre.»

«Come?»

«Scopandoti fino a quando non riuscirai più neanche a camminare, Willow.»

Lei si fece rigida.

Io scoccai uno sguardo di fuoco a Brokk. *Non avevamo deciso che mi sarei occupato io di spiegare le cose?*

Ho detto solo la verità.

La verità ha sempre un sapore più dolce se viene da una lingua che ci sa fare.

Mi schiarì la gola. «Non devi temere, piccola. Abbiamo giurato che non ti avremmo toccato fino a quando non arriverà il momento.» *Ed è un giuramento che manterremo.*

Brokk annuì.

«Quello che Brokk stava cercando di dire, piccola, è che qualsiasi cosa possa servirti, noi te la daremo. Come vorresti essere aiutata? Faremo tutto ciò che potrà aiutarti a soffrire di meno. Siamo i tuoi compagni. Ci occuperemo di ogni tuo bisogno.» *Vedi, Brokk? Parole gentili. Tono dolce.*

«Non mi serve niente da voi!» scattò lei, quella scintilla di coraggio che avevo visto la prima volta di nuovo lì. La teneva nascosta, sotto controllo, ma non se n'era andata. Gettò un'occhiata a Brokk, dietro di lei, a bloccare la sua fuga, e il suo odore si riempì di disperazione.

«No? E che mi dici del Re Cadavere? Pensi che sarebbe in grado, lui, di resistere all'odore della tua dolce fica, Willow? Il tuo odore lo chiama verso di te tanto quanto chiama noi.»

«Gli darei una settimana al Massimo, per trovarti» ringhiò Brokk.

L'espressione di Willow si contorse dalla paura. Volevo soltanto avvicinarmi a lei e confortarla, scacciare via quel suo terrore, ma non potevo. Dovevamo farle capire i rischi. «Non gli permetteremo mai di prenderti, Willow. Tu sei nostra, e di nessun altro. Ma arriverà il giorno in cui il tuo Calore sarà troppo da gestire, troppo da sopportare, e a quel punto chiederai il nostro aiuto. Ci pregherai di darti piacere.»

Lei scosse la testa, le mani strette a pugno. «Lo odio, tutto questo» sussurrò, piano abbastanza da credere che non potessimo sentirla. «Lo odio. Odio me stessa.»

«Vieni qui, Willow» ordinò Brokk, e per mia sorpresa… lei obbedì. Le sue dita trovarono immediatamente il suo mento, e lo portarono in alto. «Sei la nostra compagna. Lo so che non ci credi, ma presto… presto lo capirai, te ne renderai conto. Lo sentirai, dentro di te. E quando sarai pronta, noi ci prenderemo cura di te.» Ogni singola parola venne fuori come un comando, e Willow sembrò rilassarsi sempre di più, gli occhi calmi. «Dimmi che hai capito.»

«Ho capito» respirò lei. Il suo corpo, la sua natura sottomessa rispondeva ai comandi di Brokk anche se la sua mente cercava di liberarsi. La mano di Brokk scivolò sul suo collo, le dita intorno ad esso. Le sue spalle si rilassarono immediatamente, e il suo respiro si fece calmo.

Il mio cazzo guizzò dentro i pantaloni. Presi un respiro profondo, riempiendomi i polmoni del suo odore meraviglioso.

«Brava» fece le fusa Brokk. «Quando il Calore ti prenderà, sarai al sicuro. Ti proteggeremo noi, e ci assicureremo che non ti succeda nulla.»

«Ma…» disse subito lei, poi si fermò.

«Che c'è?»

Lei abbassò la testa. «Quello che faccio… il modo in cui

mi comporto… non è un bello spettacolo. Non dovrebbe essere visto.»

Lui le portò il mento in alto un'altra volta. «Siamo i tuoi compagni, Willow. Non c'è nulla che tu debba più nascondere, con noi.»

WILLOW

*R*imasi seduta sulla pietra, le braccia strette intorno alle mie gambe, gli occhi rivolti verso la Luna. Il peso e il calore confortante della pelliccia sulle mie spalle mi facevano sentire meglio. Dietro di me, i due uomini erano seduti vicino al fuoco, intenti a parlare di caccia e di trappole da sistemare, e di tutti gli uccelli che si fermavano sempre sul lago. Di tanto in tanto li sentivo fermarsi, e la mia schiena pizzicava quando sentiva i loro sguardi addosso. Fortunatamente, mi fecero la grazia di restarmi lontani, anche se non avevo bisogno di averli vicini per sentire la loro presenza. I miei pensieri continuavano a vagare verso di loro senza una fine.

Che cosa potevo fare? Il mio corpo faceva già male, bagnato e pronto. Presto, la Luna mi avrebbe attirata nel suo abbraccio. Sarei entrata in Calore, e avrei perso la mia sanità mentale.

Dovevo andare via, allontanarmi. Non troppo. Non sarebbe stata una mossa intelligente, scappare e ritrovarmi stretta tra le grinfie degli Uomini Grigi. Ma dovevo almeno provare a nascondermi per la notte.

Mi alzai, annunciando, «Sono pronta per andare a dormire.»

I guerrieri mi osservarono dirigermi verso il sacco a pelo. O il fuoco creava una sorta di gioco di luce, oppure davvero i loro occhi luccicavano sotto la luce della Luna.

Mi coricai, il corpo tremante. Presto, il mio Calore mi avrebbe presa, ed io non sarei più stata in grado di sopportare il calore delle pellicce sotto di me, tantomeno dei miei vestiti. Non feci altro che fare e disfare le trecce nei miei capelli, fino a quando il rumore dei passi dietro le mie spalle si fece vicino, ed io mi forzai a stare ferma.

Una parte di me sperava di vederli trasformare in lupi. Nonostante avessi provato paura durante la Trasformazione di Brokk, non potevo negare che mi sentivo più a mio agio accanto a lui quando era nella sua forma animale. La magia a cui avevo assistito mi aveva... sorpreso. Avevo visto così tante cose brutte e terrificanti da quando ero stata portata via dal convento, che il potere strano e magico dei guerrieri mi sembrava invece quasi confortante. Avevano detto che mi avrebbero protetto, e, per qualche motivo, io gli credevo.

E poi, Brokk sorrideva di più, quando era nella sua forma animale.

Un grande corpo si coricò accanto a me. Cercai con tutte le mie forze di farmi rigida. L'altro si sistemò dall'altro mio lato. Mi avevano intrappolata.

Il pensiero mi rese tesa ed eccitata nello stesso momento.

«Calma, piccola» mi mormorò Leif. «Ci siamo noi a proteggerti, stanotte.»

Nessuno dei due guerrieri mi toccò. Nessuno dei due parlò di nuovo. Io tenni gli occhi chiusi, e dopo un po', sentii i loro respiri farsi regolari.

Sarebbe stato stupido alzarsi in quel momento, quindi aspettai più a lungo che potessi. Ferma lì, coricata in mezzo a loro, mi sentivo come un seme in un baccello. Calda, al sicuro. A casa. Ma la Luna si faceva più alta nel Cielo ad ogni secondo che passava, e la mia pelle si lasciò andare al suo richiamo, tremando di energia calda e bagnata.

Più a lungo aspettai, e più crebbe quel dolore lento e inesorabile ai miei seni e in mezzo alle mie gambe. Riuscivo a sentire io stessa l'odore della mia eccitazione, ma non sentivo più alcun imbarazzo. I guerrieri mi avevano preso da casa mia e mi avevano fatta prigioniera. Avrebberosofferto. L'avevano scelto loro.

Una parte di me desiderava che non avessero mai fatto quel giuramento. Sarebbe stato così semplice, girarsi a destra o a sinistra, allungare la mano e toccare le loro spalle larghe. Le mie labbra avrebbero trovato le loro, deliziandosi del pizzicore che avrebbe procurato loro le loro barbe curate. Erano grossi, e pieni di muscoli. Desideravo sentire quella loro forma, quel loro peso sul mio corpo piccolo, a tenermi ferma, incatenata, i loro tocchi a soddisfarmi e a farmi impazzire nello stesso momento.

Un sussulto scappò dalle mie labbra, troppo veloce per poterlo fermare. Strinsi le mani a pugno, combattendo per non toccare in mezzo alle mie gambe. Nella botola, mi incatenavo i polsi per evitare che le mie mani raggiungessero le mie parti basse. E poi, la mattina, Sage avrebbe liberato le mie braccia da quelle catene, ed io avrei nascosto i segni delle manette con vestiti dalle maniche lunghe.

Ma il convento era così lontano... troppo lontano per poterlo raggiungere. Il mio tempo lì sembrava adesso quasi un sogno, e quel momento in mezzo a quei guerrieri, invece, tremendamente reale. Sentivo ogni respiro, ogni sospiro che lasciavano andare, li sentivo dritti sulla mia pelle. I miei sensi erano amplificati, più di quanto lo fossero mai stati in precedenza. Il Calore che non era riuscito a prendermi la notte prima a causa di tutti gli eventi mi si gettò addosso, più forte di prima.

Quando non riuscii più a resistere, mi alzai e scappai via. Senza guardarmi indietro per assicurarmi che i guerrieri non mi stessero seguendo, salii su una delle pareti e poi mi lascia cadere sul terreno dall'altro lato. Che si svegliassero e mi corressero dietro, se proprio dovevano. Io, dal mio canto, dovevo almeno provare a trovare un po' di privacy, e avevo un'idea.

Quasi a metà strada verso la mia destinazione, sentii i passi dietro di me. I guerrieri mi stavano seguendo. Non facevano alcun suono. Pensavano che fossi persa in una sorta di trance, cullata dalla Luna? Forse lo ero.

Eppure ignorai le loro sagome giganti. Li avrei lasciati guardare. Li avrei lasciati desiderarmi.

Liberandomi del mio vestito durante il cammino, mi avvicinai alla riva del lago. Avevo imparato a nuotare in convento, in un piccolo stagno pieno di fango e rane gracchianti. Ma le rane non mi avevano mai dato fastidio, soprattutto perché ero stata troppo impegnata a focalizzarmi sull'acqua calda, e sull'avere un po' di tempo per me lontana dalle ragazze.

Quella notte, era l'acqua stessa a chiamarmi, il lago una grande ciotola di cristallo su cui la Luna gettava i suoi raggi. Camminai così tanto in fondo che l'acqua, presto, prese a circondarmi la vita.

«Willow», mi chiamarono i guerrieri. Io mi fermai, l'acqua a scendere a gocce sul mio corpo, a circondare il mio corpo caldo con il suo abbraccio freddo. La luce della Luna sembrava creare un sentiero tra me e la riva dove i guerrieri erano fermi a guardarmi. Tremai. Ero un essere impuro. Se avessi alzato le braccia, la Luna sarebbe riuscita a purificarmi?

Il frate aveva sempre cercato di allontanarci dalle religioni passate, dai riti primaverili. Una profetessa avrebbe condiviso il letto con un uomo, un guerriero vestito di pelle animale, la Dea e il Dio insieme in un'unione blasfema. Il frate ci aveva sempre detto che era sbagliato. Ma i miei pensieri continuavano a tornarci, ancora e ancora. Sentii il bisogno stringersi dolorosamente dentro di me. Il mio corpo era pronto. E ciò che desideravo era compiere un rituale malvagio e maledetto. Che cosa diceva, questo, su di me?

«Willow, che stai facendo?»

«Sto combattendo contro la maledizione» dissi da dentro l'acqua. I miei denti sbattevano contro il freddo.

«Devi combatterla per forza?»

«Devo. Non la voglio.»

«Willow.» Brokk si avvicinò all'acqua. «Vieni da me.»

«No...» Quella preghiera scappò fuori dalle mie labbra nonostante i miei piedi avessero già cominciato a muoversi, obbedendo all'ordine del guerriero. Non importava quando bruto e cattivo sembrasse, non riuscivo a non seguire i suoi comandi. «Per favore, lasciatemi nascondere. Perderò il controllo.» Quasi singhiozzai.

«No, piccolina. Devi lasciarti andare. Datti a noi. Obbedisci, e noi ti terremo al sicuro.» Le mie lacrime erano già sparite per quando lo raggiunsi. L'acqua lasciò andare la mia pelle, rivelandone ogni centimetro nudo. Leif era fermo dentro le ombre. Lo sentii trattenere il respiro. Brokk, invece, non sbatté neanche le palpebre.

«Da quanto soffri con questo Calore?»

«Da quando sono diventata donna, ma adesso è diventato peggio. Non riesco più a controllarlo. Non posso—»

Lui mi zittì, alzandosi.

Fu in quel momento che realizzaidi star tremando, non così immune al freddo della notte come pensavo. Brokk si liberò della sua giacca, mettendola su di me. Odorava di muschio maschile, e portava ancora il calore del suo corpo. Quell'odore mi avrebbe fatto perdere la testa.

«Non so cosa fare» tirai fuori. «Non posso controllarlo. E il Re Cadavere mi troverà…»

«Willow… desideri essere aiutata da noi? Farai ciò che ti ordineremo?»

«Sì. Qualsiasi cosa, vi prego, solo… aiutatemi.»

«Dovrai obbedire. Qualsiasi cosa ti diremo, dovrai obbedire. È importante.» La sua espressione sembrava tesa. «Non devi provare a combattere contro di noi» ringhiò. «La Bestia si sveglia, se lo fai, e il nostro controllo è già poco. Promettimelo.»

«Lo prometto.»

«E non ti nasconderai da noi. Ci dirai ogni singolo pensiero, ogni singola paura, così da permetterci di prenderci cura di te. Lo prometti?»

«Sì. Per favore, sono così spaventata—»

«Sh» disse, prima di avvolgere il mio corpo con le sue braccia.

«Portiamola di fronte al fuoco. Starà gelando» disse Leif, restando indietro, e per una volta sembrava cupo e serioso tanto quanto lo era sempre Brokk.

Brokk mi portò di nuovo verso le rovine. Mi fece sedere su una pelliccia aperta per terra, vicino al fuoco. Leif lo tenne vivo. Andò via spesso, tornando sempre con legna nuova da gettare dentro il fuoco. Brokk, invece, rimase vicino a me, tenendomi per mano e sistemandomi i capelli in una treccia.

«Dimmi che cosa succede» mi disse d'un tratto, gli occhi sulla Luna, ancora alta sul suo trono celeste. «Dobbiamo sapere cosa aspettarci.»

«Sento… dolore.» Mi toccai il petto. «Sempre più forte. Il mio corpo si fa più caldo. Sento il bisogno di trovare un modo per raffreddarlo.»

«Il tuo odore si fa più seducente…» mormorò Leif, come stesse continuando ad elencare.

Brokk scacciò via le parole dell'amico con una mano. «E cos'altro, Willow?»

«I miei seni, le mie parti basse... tutto sembra far male, per il desiderio. Desidero ciò che non dovrei volere.»

«E perché opponi resistenza?»

Scossi la testa. «Perché non è una cosa buona. Non posso permettergli di controllarmi. Eppure... non riesco ad evitare di volere certe cose.»

I guerrieri si scambiarono uno sguardo, ed io mi misi in allerta. «Non potete toccarmi. Non dovete toccarmi. È essenziale.»

Brokk alzò la mano, ed io smisi di parlare. «Ti do la mia parola, Willow. Non ti toccheremo. Non questa notte, neanche se ci preghi di farlo.»

«Grazie» dissi, rilassandomi.

«Ora...» Si posizionò a qualche centimetro di distanza da dove ero seduta io. «Apri le gambe.»

Io mi congelai sul posto.

«Fai ciò che ti dico, e ti terrò al sicuro. Anche da te stessa.»

Il battito del mio cuore si fece irregolare, ma mi ritrovai ancora una volta a non poter rifiutare di seguire i suoi ordini. La giacca che mi aveva messo addosso era riuscita a coprirmi fino a metà coscia, ma quando aprii le gambe, si alzò immediatamente. Così aperta, potevano vedere il mio centro bagnato. Il motivo della mia vergogna. Lasciai andare un piccolo singhiozzo.

«Toccati, Willow.»

«Cosa?»

«Metti la mano in mezzo alle tue gambe, come desideri fare.» Poi inclinò la testa di lato, guardandomi. «Ti sei mai toccata?»

«No», sussurrai. Farlo era assolutamente proibito. Quando il frate trovava le ragazze intente a toccarsi, le portava via e le rinchiudeva. Sage ed io evitavamo le sue punizioni soltanto perché avevamo imparato a nasconderci.

«Fallo adesso, Willow» ordinò Brokk. «I tuoi rapitori te lo comandano.»

Con un mezzo respiro, portai la mano sul mio centro pulsante, ma non riuscii a toccarlo.

«È sbagliato» dissi, e le parole uscirono dalle mie labbra come un singhiozzo.

«Piano, bambina. Parti da sopra. Tocca il tuo viso, prima» disse Leif. «Solo un dito. Fallo scivolare sulle tue labbra. Sono soffici?»

«Sì...»

«E ora giù.» La voce di Brokk si fece più profonda. «Fai scivolare il dito sul tuo collo, sopra i tuoi seni. Brava, bambina. E ora in mezzo. Vuoi toccare i tuoi capezzoli?»

«Sì.»

«Non puoi. Non hai il permesso.»

Piagnucolai. Il tono fermo della sua voce fece bagnare ancora di più la mia vagina, i miei umori a scivolare sulla pelliccia. I miei seni pulsavano, impazienti di ricevere attenzioni. «Non hai il permesso di toccarti il seno a meno che non siamo noi a comandartelo. E presto, ci pregherai di avere le nostre mani su di essi.» Ad ogni sua singola parola, i miei capezzoli si andavano facendo sempre più turgidi.

Lasciai andare un gemito.

«Obbedirai, oppure sarai punita» disse Brokk. «Ora fai scivolare la tua mano più sotto, sullo stomaco. In mezzo alle gambe. E... ferma. Cosa senti?»

«Bagnato» risposi. «Calore.»

«Quello che stai toccando, adesso appartiene a noi.» La voce di Brokk si fece così bassa e roca da sembrare un ringhio. «Quando eri al convento, ti legavi con delle manette. Adesso, ci obbedirai, altrimenti ti legheremo anche noi. Capito?»

«Sì.» Il mio cuore prese a battere più forte. Sentii la mia intimità come presa dalla scossa.

«Toccati, con gentilezza» comandò Leif. «Il minimo tocco delle tue dita.»

«E ora toglile» disse Brokk, «e portale sulla tua lingua.»

Feci come mi era stato ordinato, tremando. Sapevo di dolce. Quando glielo dissi, entrambi i guerrieri gemettero.

«Okay, Willow. Stai andando bene.» Brokk si mosse, sistemandosi meglio. Le sue sopracciglia erano unite insieme, in concentrazione. «Sdraiati sulla schiena.»

Mi mossi come in una trance, scivolando giù sulla pelliccia fino a quando il mio corpo non fu completamente su di essa, la mia testa sulla pietra.

«Gambe divaricate» ringhiò Brokk. «Così possiamo vederti. Poggia la mano sulla tua fica, Willow.»

Alla minima pressione, lasciai andare un piccolo sospiro.

«Non lo farai a meno che non ti verrà ordinato, d'accordo?» Il tono fermo di Brokk mandò scariche elettriche lungo tutto il mio corpo.

«Sì» respirai. Avrei dovuto, forse, sentirmi impaurita, presa com'ero a fare ciò che stavo facendo, ma non sentivo nient'altro se non eccitazione. I suoi comandi sembravano rendermi più forte.

«Divarica le gambe» ordinò Brokk. «Di più.»

Feci come mi era stato ordinato, lasciando che le mie mani tracciassero la linea delle mie labbra inferiori.

«Divarica le labbra con le dita, Willow. Mostrami quanto sei bagnata.»

Feci come mi era stato ordinato, e qualcuno—forse Leif— trattenne il respiro.

«Bellissima. Continua ad accarezzarti, Willow. Su e giù. Usa due dita.»

Le mie labbra tremavano, pulsando al minimo tocco.

«Ho bisogno—»

«Sh, piccolina. Ti daremo tutto ciò di cui tu possa mai avere bisogno.»

Era troppo—lo sguardo dei guerrieri su di me, il forte desiderio nel mio cuore, il richiamo della Luna… l'orgasmo mi prese come uno tsunami.

«Io…» Ma qualsiasi cosa volessi dire venne interrotta dal mio urlo di piacere.

Il mio stomaco e la mia schiena si tesero. Un'enorme onda m'investì, il calore a propagarsi dentro il mio corpo, e per un attimo pensai di non riuscire più a vedere. Le mie labbra inferiori andarono a fuoco sotto le mie dita, il mio canale dolorante per la sua vuotezza, desideroso di essere riempito.

«Brava bambina» disse Brokk. Si era avvicinato molto di più. I suoi occhi risplendevano, dorati. Avrei voluto allungare la mano e toccarlo. Scoprire se la sua pelle bruciava quanto la mia.

«Per quando la notte sarà finita, imparerai a chiedere il permesso prima di trovare il tuo piacere da sola» mi disse Brokk. «Se non lo farai, verrai punita.»

Ancora persa nel piacere, mi limitai ad annuire.

«Brava.» Si schiarì la gola. «E adesso, toccati di nuovo.»

BROKK

«Tu le piaci» disse Leif.

«No, che non le piaccio.» Ero poggiato contro la parete, intento a fissare Willow dormire. Le avevamo ordinato di raggiungere l'orgasmo ancora e ancora, guardando le sue dita scivolare tra le sue labbra inferiori. L'avevamo fatta stancare.

E quando alla fine si era addormentata, entrambi ci eravamo rintanati dietro una parete e ci eravamo presi il nostro, di piacere, schizzando le pareti del nostro seme, restando senza fiato.

«Allora diciamo almeno che si fida di te» disse. «Obbedisce ai tuoi ordini.»

«È cresciuta con regole rigide. E alcune delle sue catene sono nella sua mente.»

«Dobbiamo occuparci di romperle, allora, e in fretta. In qualsiasi momento, le spie del Re Cadavere potrebbero trovarci. Dobbiamo completare il legame con lei prima di tornare a casa. Reclamarla prima di presentarla al branco» disse Leif, fronte aggrottata.

«Sei così sicuro che sia nostra, da reclamare? Potrebbe

anche appartenere a qualcun altro.» Il mio cuore sperava diversamente, ovviamente, ma mi aveva già tradito una volta. L'ultima volta che mi ero innamorato di una donna, era finita male.

Le parole avevano a malapena lasciato le mie labbra, che mi ritrovai sbattuto contro la parete. Leif avvicinò il viso tremendamente vicino al mio, i canini in fuori, il suo corpo pronto a trasformarsi in Bestia.

«*Lei è nostra*» ringhiò, gli occhi brillanti e dorati.

«Controllati!» scattai, l'ordine a partire dalla mia mente. Lo tenne rigido e fermo fino a quando la Bestia non si tirò indietro, riportando Leif da me. Mi lasciò andare. Il mio stesso respiro si era fatto corto e spezzato, nel tentativo di tenere il mio stesso bisogno di attaccare sotto controllo.

«Perdonami, fratello» disse Leif, respirando a fatica. Aspettò il mio cenno d'assenso prima di camminare via.

Io sospirai. Il mio fratello guerriero combatteva da tanto, tanto tempo, per tenere la sua Bestia sotto controllo. Non sarebbe stata una cosa buona, perderlo adesso che avevamo la nostra compagna con noi. Leif si faceva guidare dalla passione, ma io avevo imparato a mie spese, e con dolore, cosa significava farsi guidare dal desiderio. Non potevo permettermi di provare neanche il minimo dei sentimenti, non importava quanto quella piccola donna accanto a me mi facesse battere il cuore.

LEIF

L'alba era già arrivata, per quando ritornai alle rovine dopo la caccia.

Avevamo ancora carne dall'ultima volta, ma fino a quando Willow non avesse accettato l'accoppiamento, eravamo grati di avere questa scusa per riprenderci dai nostri problemi.

L'odore della sua eccitazione era ancora nell'aria, e il ricordo delle sue urla ogni volta che raggiungeva l'orgasmo… Mi ero masturbato ben due volte, quella notte, dopo il suo ultimo orgasmo sotto la Luna, eppure il mio cazzo era rimasto duro come la pietra nonostante tutto.

Gettai i conigli che avevo cacciato su una delle pietre per pulirli, e mi guardai intorno.

«Dov'è Willow?» chiesi a Brokk.

«È andata al lago. Posso sentirla giocare con l'acqua—non si allontanerà.»

«Ti fidi di lei molto più di quanto mi fidi io.»

Lui mi scoccò uno sguardo appuntito. «Se dovesse disobbedire, sarà punita.»

Sentii il mio cazzo guizzare dentro i pantaloni, al

pensiero di punirla. E Brokk, che aveva sempre quell'aria dura e seriosa... sapevo che anche lui, in realtà, stava cercando con tutte le sue forze di sopprimere quel desiderio, quell'impazienza. Lo avrei lasciato fingere di non avere sentimenti. Tanto sapevo che la voleva tanto quanto la volessi io. Per lui era importante restare cauti, ma sapevo che ci voleva poco, perché anche lui cadesse completamente sotto l'incantesimo di Willow.

Trottai verso il lago, ma mi fermai di colpo quando vidi Willow. Era ferma dentro l'acqua, come una ninfa in attesa che arrivassi. I capelli lunghi e neri coprivano i suoi seni, gli occhi erano chiusi, la testa gettata all'indietro. Mi avvicinai alla riva, guardando da tutti i lati, ma mi ci volle qualche secondo a capire che aveva la mano in mezzo alle gambe.

«Ragazza!» Il mio grido rimbombò per tutto il perimetro, spaventando gli uccelli appollaiati sugli alberi.

Lei alzò lo sguardo, spaventata, e l'orgasmo la prese in quel preciso momento. Tremò, cercando di tenerlo dentro, ma non riuscì a nascondere il suo sussulto di sorpresa.

Un sorrisetto soddisfatto mi incurvò le labbra. Aveva appena disobbedito alle regole. Era stata una buona idea, quella di venire da lei. In caso contrario, non sarebbe mai stata scoperta—il suo orgasmo era stato completamente silenzioso. Un giorno mi sarei divertito tremendamente a prenderla in giro, a farla impazzire, ad ordinarle di tenere tutto dentro e a forzare il suo orgasmo a venir fuori con furia. E quel giorno non sarebbe stata in grado di trattenere le sue urla.

Alzai la mano, chiamandola a me.

Lei venne, prendendo il suo vestito, gli occhi per terra. Non sembrava più imbarazzata dalla sua nudità. Era un buon segno. La nostra piccola donna era selvaggia, e le piaceva il sesso, anche se non era ancora pronta ad ammetterlo a se stessa.

Le afferrai il mento con gentilezza, alzandole la testa. «Che cosa ti aveva detto Brokk sul prenderti il tuo piacere da sola?»

«Aveva detto che non avrei dovuto», mormorò lei. La sentii prepararsi a combattere contro di me. «Aveva detto che avrei dovuto aspettare voi.»

«Sì» le dissi. «Il tuo piacere è nostro, e dovremmo goder-celo noi.»

Le sue mani si strinsero a pugno lungo i fianchi. Quasi sperai che venisse a tirarmeli. Insegnarle la disciplina sarebbe stato dolcissimo.

«Ho appena scoperto come procurarmi piacere da sola» disse invece. «Non potete togliermelo.»

«Quando Brokk ti ha detto di toccarti per la prima volta, che cosa hai provato?»

«Vergogna» sibilò lei.

«E adesso cosa senti, Willow?» Si era allontanata da noi, nascondendosi. Era chiaro cosa provasse, perché l'avesse fatto. Non potevamo permetterle di ricadere nelle abitudini che erano nate in convento—nascondersi per paura di non essere accettata. Sotto sotto, nonostante ciò che diceva e come si comportava, Willow voleva soltanto essere amata per ciò che era, compreso il desiderio che la prendeva ogni mese. Ci avremmo pensato noi ad aiutarla, a tirarla fuori da quella spirale di paura nella quale era sprofondata. «Beh? Cosa ti ha portato ad allontanarti da me e Brokk per darti piacere da sola dove non potevi essere vista?»

Lei abbassò gli occhi prima di rispondere. «Vergogna», ripeté, sussurrando.

«Quando sei con noi, ragazza, dovresti sentire soltanto piacere.» Non riuscii a fermarmi dal seguire il tragitto di una delle gocce d'acqua in mezzo ai suoi seni. Lei rabbrividì, e il suo odore si fece più bisognoso, più intenso.

La feci camminare nuda, i suoi vestiti in mano, di fronte a me per tutto il tempo di ritorno alle rovine.

Brokk ci stava aspettando, in piedi, le braccia incrociate intorno al petto. «Hai provato a nasconderti da noi, Willow. Avevi promesso di non farlo.»

«Mi dispiace.»

«Vai al muro» disse lui, indicandolo. «Con la faccia rivolta verso di esso. Stai ferma lì, in piedi, fino a quando non avremo scelto la tua punizione.»

Con uno sguardo rassegnato verso di me, Willow fece come le era stato detto. Brokk si avvicinò soltanto per metterle sulle spalle una pelliccia, scostandole i capelli bagnati così da non farle bagnare la pelle.

Lei prese a dondolare tra un piede all'altro, fino a quando Brokk non le diede un ordine freddo. «Stai ferma, Willow.»

Io trattenni il respiro a quel tono duro. Ma in pochi secondi, l'intero posto sembrò riempirsi dell'odore del desiderio di Willow.

Risponde bene ai tuoi comandi.

Brokk grugnì. Non sorrise, ma vidi la sua espressione farsi più soddisfatta. La nostra donna avrebbe imparato a seguire le nostre regole, e avrebbe prosperato in esse. Quando avesse finalmente abbracciato la sua sorte e ci avesse accettati come compagni, avremmo potuto lasciarla più libera. E per allora... lei non avrebbe più voluto essere lasciata libera, in ogni caso.

«Dove sono le corde di pelle?» mi chiese Brokk, e poi mi disse cos'altro voleva. Una volta preso tutto ciò che ci serviva, lui la chiamò verso di noi.

«Vieni da me, Willow.» Poggiò una pelliccia ai suoi piedi, e la indicò. «Inginocchiati qui.»

Quando lo fece, lui si sporse e poggiò una mano sulla sua schiena, spingendo fin quando non fu abbastanza piegata prima di divaricarle le gambe fino ad essere perfettamente aperta di fronte a lui. La sua espressione restò ferma e spaventosa, ma quando Willow alzò lo sguardo per guardarlo il suo viso era pieno di fiducia, in attesa del suo prossimo comando. Il mio cazzo pulsò di gelosia.

Quando Willow fu piegata proprio come piaceva a lui, Brokk la ricompensò con un gesto dolce sulla guancia.

«Presto torneremo dal branco, e tu ci accompagnerai. I lupi vivono secondo regole rigide; c'è un ordine, una gerarchia che ci permette di mandare avanti le cose senza intoppi. Il lupo più debole segue sempre quello più forte.» Il suo dito seguì la ciocca dei suoi capelli, giù fino a dove si curvava, sopra il suo seno. «E, in questo momento, chi è il più debole, qui?»

«Io» rispose lei.

«E quindi, chi dovresti seguire, tu?»

«Te.» Il suo sguardo volò su di me. «E Leif.»

Brokk le prese il mento, richiamando la sua attenzione. «Lo so che tutto questo è nuovo, per te, piccolina… ma lo è anche per noi, e impareremo insieme. Per adesso, queste ti aiuteranno.» Alzò le corde di pelle che avevamo preparato. «Alzati», disse. «E chiudi gli occhi.»

«Cosa—» cominciò a chiedere, ma Brokk non le diede il tempo; catturò un suo capezzolo tra le dita, e lo strinse così forte che Willow sembrò saltare in aria, e fece qualche passo indietro.

Io scattai in piedi.

No, Leif, disse Brokk senza neanche guardarmi.

Il petto di Willow si alzava e abbassava velocemente, e i suoi occhi erano più grandi che mai, ma erano fissi su Brokk, come affascinati.

«Ci hai chiesto di aiutarti. Ti fidi di me?»

Lei gli diede un piccolo cenno d'assenso, ma fu abbastanza per rilassarmi.

«E allora fai come ti dico», mormorò lui.

Affascinato, la guardai tornare dove era stata fino a quel momento e chiudere gli occhi.

Brokk allungò una mano ed io mi avvicinai a lui con il resto delle corde di pelle. insieme, avremmo legato la nostra donna per come volevamo e desideravamo.

La prima corda circondò sotto i suoi seni, la pelle a stringere la sua gabbia toracica. Girò sopra e sotto e ancora così fino a quando sembrava avere addosso un'imbracatura che teneva i suoi seni, alzati in bella vista. I suoi capezzoli erano così piccoli, di un rosa chiaro, e bellissimi.

«Adorabile» mormorò Brokk, e Willow lasciò andare un sospiro tremolante.

«Riesco a sentire quanto sei eccitata» le dissi, un dito ad accarezzarle la spina dorsale. «Mi soddisfa.» I brividi le coprirono la pelle dalla testa ai piedi, ed io feci scivolare la mano fino al suo sedere, accarezzandolo. «Così soffice e bello.» Poi misi la mano a coppa in mezzo alle sue gambe, e lei si spinse contro il mio tocco, un suono gutturale a scapparle dalle labbra.

Brokk si schiarì la gola ed io feci un passo indietro, ma non prima di lasciarle un piccolo schiaffo sul sedere. Era della dimensione perfetta per essere accarezzato dalla mia grande mano, per essere schiaffeggiato da essa. Più di qualsiasi altra cosa, volevo marchiare la sua pelle chiara, farla rossa.

Brokk controllò le corde strette intorno al suo corpo nudo, poi si sedette sui talloni. «Che cosa ne pensi, Leif?»

«È bellissima. Una bellissima rosa» dichiarai, e il mio fratello guerriero quasi alzò gli occhi al Cielo. Willow sembrava brillare, le guance rosse. «Così bella, specialmente quando obbedisce agli ordini. Eppure è andata contro il nostro comando… Dobbiamo seguire la promessa che abbiamo fatto, di guidarla. Ci vuole una punizione, non credi?»

«Sì.» Brokk prese le altre corde. «Ma prima, un altro giro di corde. Apri le gambe, bimba.» Si avvicinò a lei, aiutandola a divaricarle ben oltre le spalle. Quella volta, le corde andarono intorno entrambe le gambe, girando intorno ai suoi fianchi ancora e ancora, fino a creare un'altra imbracatura. Poi, Brokk incrociò le corde, facendo scivolare l'altra in mezzo a quella intorno ai fianchi. La corda passò in mezzo alle sue gambe, la pelle a toccare esattamente tra le sue labbra inferiori, che si fece immediatamente brillante e bagnata dei suoi umori. Il suo respiro si fece corto, le sue mani si strinsero a pugno, i muscoli delle sue gambe si tesero quando Brokk prese ad accarezzare la sua area sensibile ancora e ancora.

«Porta le mani sopra la sua testa» ordinò Brokk, e lei lo fece. La posizione le alzava i seni in maniera perfetta.

Quando finì, l'imbracatura intorno ai fianchi e intorno ai seni, entrambe ad impedirle di toccarsi da sola, tormentandola, mi sentii immediatamente soddisfatto. Con ogni singolo movimento, la corda strisciava sulla sua intimità, facendosi più scura e bagnata.

«Puoi aprire gli occhi e guardarti, adesso, se lo desideri» le permise Brokk.

Il suo respiro si fece corto quando alla fine aprì gli occhi ed esaminò le corde. Le sue labbra si aprirono, ma da esse non uscì nessun suono, e non provò a fare nulla per liberarsi, le braccia ancora alzate. Restò intrappolata tra quelle corde, seguendo la nostra volontà. Il mio cazzo era così duro che faceva male dentro i pantaloni, e mi ci volle tutta la forza dentro di me per non cadere a terra e lasciarmi andare in quel preciso istante.

Soffocai un gemito. Brokk riusciva a tenere saldo il suo, di desiderio, controllando che le corde fossero abbastanza strette. Willow si sporse verso di lui, affamata.

«Come ti senti?» le chiese.

«Voglio toccarmi, ma adesso non posso.»

«Questo ti ricorderà a chi appartieni. Chi tiene a te, e ti tiene al sicuro.»

Le sue spalle si rilassarono.

«E adesso, piccola...» Mi sedetti su una pietra, chiamandola a me. «Vieni qui. È arrivato il momento della punizione.»

Tirai le corde, facendole perdere il respiro. «I tuoi compagni possono darti piacere, ma tu non puoi. Legheremo le tue mani, la prossima volta, se lo farai di nuovo. Ti terremo legata tutto il giorno.»

«Anche quando saremo di nuovo con il branco?»

«Anche allora. È una regola che un Berserker può addestrare la sua compagna come desidera, fintanto che la tratti con cura e che non le faccia del male.»

Brokk annuì alle mie parole.

«Adesso.» La guidai sulle mie gambe, e la tenni ferma. Senza nessun problema supportai il suo piccolo corpo, sentendo le sue dita piccole stringersi tra le mie gambe per tenersi. Le mie mani coprirono il suo sedere. Le corde ne delineavano il contorno, lasciandolo rotondo e perfettamente nudo per noi.

«Un centinaio su entrambe le natiche mi sembra perfetto, vero?»

Willow cacciò un piccolo urlo di protesta, e Brokk scoppiò a ridere.

«Leif sta solo scherzando» le assicurò lui. «Anche se... dovessi toccarti senza il nostro permesso un'altra volta, non saremo così clementi.»

«La schiaffeggerò fino a quando il suo culo non sarà rosa come un fiore.» Le strizzai la natica prima di darle uno schiaffo, guardando il colore farsi già vivo in superficie. «Non ci metterò molto, sembra. Magari le piacerà pure.» Feci scivolare la mano in mezzo alle sue gambe, e proprio come pensavo, era già tremendamente bagnata. Ogni singolo movimento avrebbe portato la corda a strisciare intorno alle sue labbra inferiori.

Cominciai a schiaffeggiare più forte, coprendo ogni singolo lembo di pelle. In poco tempo prese ad urlare ad ogni schiaffo, ma la sua figa si fece sempre più bagnata, l'odore del suo desiderio a farsi sempre più forte in mezzo a noi. Quando mi fermai, la lasciai tremante e vicina all'orgasmo.

«Ti toccherai più senza permesso?»

«No, no» disse.

La posizionai così da far premere il suo monte di venere sul mio ginocchio.

Lei sussultò. «Per favore, per favore, non mi toccherò. Farò la brava.»

«Hai bisogno del permesso per lasciarti all'orgasmo?» Brokk si abbassò di fronte a lei, scostandole i capelli via dal viso. «Sii onesta.»

«Io…» Fece cadere la testa. «Non dovrei volere tutto questo.»

«Sei in Calore» le ricordò lui. «Hai i tuoi bisogni. È nostro compito, occuparci di essi.»

«Allora, sì» disse, guardandolo, poi abbassò di nuovo la testa. «Lo voglio.»

Brokk mi diede un piccolo cenno d'assenso ed io la feci girare, facendola sedere sopra di me. Divaricai le sue gambe oltre le mie. «Tieni le gambe aperte» sussurrai, mordicchiandole il lobo dell'orecchio. Lei sembrò sciogliersi contro di me.

«Ti sei comportata bene per questa tua prima punizione. Spero di punirti ancora tante, tante, tantissime altre volte. Penso che ti piaccia.»

«No» respirò lei, ed io misi le mani in mezzo alle sue gambe. La corda di pelle era umida.

«Mi hai appena mentito?» chiesi, premendo forte, la corda a strisciare in mezzo alle sue labbra.

«No!» urlò lei, gemendo però con forza nello stesso momento.

«Mh... le bugie hanno bisogno di altre punizioni», disse Brokk. «Ecco.» Si avvicinò a noi con due piccole corde, stringendole intorno ai suoi capezzoli dopo averli tirati con forza con le dita. «Noi richiediamo onestà tutto il tempo. E questo ti aiuterà a ricordarti di essere sempre sincera.» Il respiro di Willow si fece presto spezzato. L'orgasmo era vicino.

«E adesso, per la parte finale della tua punizione.» Diedi uno schiaffo in mezzo alle sue gambe con abbastanza violenza da marchiare la sua figa. Lei si fece rigida, ma non urlò. Lo feci ancora. Quella volta, le mancò il respiro. Provò ad alzarsi, per allontanarsi dai miei schiaffi, ma il mio braccio scivolò intorno alla sua vita, spingendola di nuovo su di me, dritta contro la mia erezione. Lei mosse i fianchi, ed io gemetti con forza. «Presto ti prenderemo, Willow» sussurrai con forza. «Non ci fermeremo più. Ma per adesso, puoi limitarti a venire per noi.» Le diedi un altro schiaffo violento, poi poggiai la mano a coppa sulla sua intimità, e presi a muoverla. La corda sotto la mia mano strisciò avanti e indietro in mezzo alle sue labbra, scivolando sul suo clitoride, spingendo forte contro di lei. Alternai questo movimento al tirare la corda verso di me.

Il suo corpo si tese subito, arcuandosi come un arco.

«Prendi il tuo piacere.» Le mie dita bagnate tirarono le corde con forza, facendole premere sul suo clitoride prima di allontanarle e lasciare la sua figa libera. La schiaffeggiai con violenza, tre volte, vedendola diventare rossa sotto i miei occhi. Poi presi a muovere il pollice sul clitoride, muovendomi con attenzione. Willow gemette, ancora e ancora, un suono a metà tra agonia ed estasi.

«Leif...» gemette.

Io pizzicai il suo clitoride tra due dita. «Ora, bimba» le ordinai, e lei venne in un'onda di piacere. Le sue gambe si tesero, i suoi fianchi presero a muoversi contro di me, pulsando quanto la sua figa vuota mentre veniva.

La strinsi forte tra le mie braccia, quasi schiacciandola. Stretta a me, trattenni il mio stesso orgasmo a bada, fin troppo vicino grazie alle sue urla meravigliose. Il mio cazzo si era fatto di pietra sotto il suo culo perfetto. I suoi gemiti continuarono ancora e ancora, il suo corpo a tremare impazzito, il sudore a scivolare su tutto il suo corpo, attraverso le corde. L'orgasmo fu così forte che le sarebbe servito un po' di tempo per tornare in se stessa. Io l'avrei tenuta fin quando ne avesse avuto bisogno. Per sempre, se era questo che serviva.

«Sh, Willow.» Brokk si avvicinò a lei da dietro. Portò un bicchiere d'acqua alle sue labbra, stringendola mentre beveva. Era ancora persa nel piacere, fiduciosa in noi abbastanza da lasciarsi andare completamente. Mi sentivo soddisfatto; mi aveva dato parecchio piacere, spezzarla completamente.

«Com'è stato?» chiese Brokk, poggiando giù il bicchiere.

Lei annuì soltanto, troppo persa per poter parlare.

Luce dorata brillò nei suoi occhi.

La sua mani strisciò sul suo cazzo attraverso i pantaloni. «Vuoi ringraziare i tuoi rapitori per la loro gentilezza nei tuoi confronti?»

Lei annuì di nuovo, impaziente.

Eccola qui, dissi a Brokk. *La sottomissione, il desiderio.*

Dobbiamo fare attenzione a non prenderla quando è in questo stato.

Io sbuffai. *Lo vuole tanto quanto noi,* dissi, poi la portai in ginocchio.

«Sei sicura, Willow?» chiese Brokk, venendosi a mettere di fronte a noi.

«Per favore» tirò fuori, allungando le mani per toccarlo.

«Oh, no» dissi io, afferrando le sue mani e stringendole dietro di lei. «Devi usare soltanto la bocca.»

Lei gemette un'altra volta, ed io quasi venni solo grazie a quel suono.

Brokk si slacciò i pantaloni, tirando fuori il suo cazzo, duro e pronto quanto il mio. «Solo baci» le disse lui. «Sii gentile.»

«Niente denti», aggiunsi io.

Piccoli gemiti lasciarono la sua gola, il suono più sexy che io avessi mai sentito in vita mia. Portai i suoi capelli dietro la schiena mentre lei baciava il cazzo di Brokk, e poi le leccava.

«Questo è un regalo» le disse lui. «Ti sarà permesso fare questo soltanto quando ci soddisferai.»

«Se farai la brava, ti darò questo regalo ogni singolo giorno e ogni singola notte, bimba» le dissi io. «Sono un uomo generoso.»

L'espressione di Brokk si fece tesa, chiaramente intento a trattenersi per non venire nella sua bocca.

Con grandissimo controllo, si fece indietro. «Imparerai a prendere il mio seme in bocca. Per ora, guarda e basta.» Strinse il membro sulla sua mano, masturbandosi fino a lasciarsi andare sul terreno. «Non ti sei ancora guadagnata il mio seme.»

Willow si leccò le labbra, ed io non riuscii a trattenermi. Strinsi i suoi capelli in pugno, e la girai verso di me.

«Tocca a me.» Volevo le sue mani, però. Restai seduto, permettendole di esplorare. Lei toccò il mio membro duro, e il sacco più sotto.

«Ah, piccola… non ti lasceremo mai andare.»

Mi scoccò un piccolo, piccolissimo sorriso. Il mio sperma si fece incredibilmente vicino. Le dita dei miei piedi si incurvarono. «Ora, piccola, sei stata così brava, che ti permetterò di prendermi in bocca.»

Willow annuì, e si abbassò a succhiare la testa. Il mio cazzo sulla sua bocca mi fece quasi alzare automaticamente i fianchi, ma impiegai tutte le mie forze per restare fermo. Volevo scoparle la faccia così tanto che mi sembrò una tortura ingiusta, non farlo in quel momento.

«Hai una bocca birichina» le dissi. «Benedetta dal diavolo.»

Lei si stacco da me con un pop, ed io non riuscii a trattenermi. Schizzai il mio seme dritto sulla sua faccia, lei seduta lì, intenta a sbattere le palpebre.

Feci scivolare il pollice sul suo viso, raccogliendo il mio seme e portandolo alla sua bocca.

«Sei stata brava» le dissi, sorridendo. «Penso proprio che ti terremo.»

Brokk si avvicinò a lei con un panno bagnato, pulendo il suo viso. Poi la liberò dalle corde dolcemente, lavando via il sudore dal suo corpo e massaggiando via i segni delle corde.

«Sei stata brava» ripeté anche lui. Lei provò a toccarlo un'altra volta, ma lui si alzò immediatamente, gettando uno sguardo verso di me. «Ci penserà Leif a te.»

Quando si allontanò da noi, lei restò lì a guardarlo andare via.

WILLOW

I muscoli dolevano ancora quando alla fine Brokk sparì dalla mia vita. Leif bagnò un altro pezzo di stoffa, lavandosi prima di rimettersi il cazzo dentro i pantaloni. Io tenni la testa bassa, cercando di combattere indietro le lacrime.

«Cosa c'è che non va, piccola?»

«Niente.»

«Non ti nascondere da me. Non ti puniremmo mai per la tua onestà.»

«Mi sono lasciata andare. Sono stata debole.» Brokk non riusciva neanche a guardarmi negli occhi, non poteva neanche sopportare l'idea di restare al fianco di una donna dai facili costumi come me, e infatti se n'era andato. Strinsi le spalle, nascondendo il mio viso. «Per favore, lasciami sola.»

Leif poggiò il pezzo di stoffa, prendendomi tra le sue braccia. «Lo sai perché ti tormentiamo, perché giochiamo con te?»

«Perché vi piace.»

Le sue dita scivolarono sulle mie gambe. «E piace solo a noi?»

Mi mossi contro di lui, cercando di liberarmi, ma lui mi tenne stretta.

«Controlliamo, che ne dici?» Le sue dita trovarono la mia vagina, e scivolarono dentro di me. «Sei vicina un'altra volta, non è vero?»

La mia testa cadde indietro, contro la sua spalla. Provai a liberarmi, ma la sua stretta si fece più forte, la sua mano ancora in mezzo alle mie gambe e le sue dita ancora dentro di me, a torturarmi lentamente.

«Per favore…»

Le portò via, mostrandomi quanto fossero bagnate. «Lo sai come ti rende, tutto questo?»

Chiusi gli occhi, pronta a sentirglielo dire. *Sporca. Sbagliata. Gratuita.*

«Perfetta, Willow. Ti rende perfetta.»

Le sue dita tornarono dentro di me, spingendosi in fondo, portandomi di nuovo verso l'orgasmo, tenendomi quando mi prese di nuovo.

Quando smisi di tremare, Leif afferrò il mio polso e lo legò al suo.

«Adesso dormiamo» disse. «A meno che tu non sia ancora abbastanza soddisfatta.» La luce della Luna illuminò i suoi occhi dorati.

«Io sono… soddisfatta. Grazie, Leif.» Ci coricammo, il grande guerriero a stringermi contro il suo corpo. Era quello che avevo sempre voluto; essere circondata dalle braccia forti di un uomo, addormentarmi con la guancia contro il suo petto forte e muscoloso, e le sue mani ad accarezzarmi la schiena. Un guerriero pronto a proteggermi da tutto.

Rabbrividii.

«Hai fretto?» Mi chiese, portando una pelliccia su di noi.

«No.» Alzai il viso verso di lui. «Perché a Brokk non piaccio?»

Leif sospirò, poggiando la testa sul braccio. Volevo riportare quel braccio intorno a me, quelle sue carezze sulla mia schiena, ma non trovai il coraggio di chiedere.

«Brokk è sempre stato un tipo particolare. A lui è sempre piaciuto essere il lupo solitario, anche prima di essere Trasformato.»

«Come vi siete conosciuti?»

Leif fece una smorfia. «Abbiamo fatto a botte per una donna.»

I miei occhi si spalancarono.

«È stato tanto tempo fa» disse Leif, forzando una risata. «Sono certo che si sia già dimenticato tutto.» Ma il suo tono di voce mi disse il contrario.

«Voi dite sempre che io sono la vostra compagna… significa che mi condividerete?» Tracciai il sentiero dei suoi muscoli con un dito.

«Stai pensando di accoppiarti con noi?»

Io annuii timidamente.

«Oh, piccola…» gemette lui. «Non hai idea di quanto tu sia attraente.»

Fui contenta di vederlo ritornare normale. Anche se Brokk era andato via, forse io e Leif potevamo avere un nostro momento.

«Brokk ed io siamo legati insieme, un qualcosa di indistruttibile. Ci siamo salvati la vita a vicenda, ed è da allora che ci manteniamo in vita. Lo abbiamo fatto per tutti questi anni, aspettando te.»

«E il legame può spezzarsi?»

«Soltanto se presi dalla pazzia. Ed è per questo che temiamo la Bestia. Quello che ci da la forza è anche la nostra più grande debolezza.» La sua mano si nascose di nuovo sotto la pelliccia, le sue dita presero di nuovo ad accarezzarmi, ed io rabbrividii. Trattenni il respiro, sperando non si fermasse. «Quando arriverà il momento, ti prenderemo completamente, insieme, e tu apparterrai a noi per sempre.

La tua sottomissione permette alla Bestia di restare dentro di noi in silenzio, la sua fame sazia della tua pelle.»

«E Brokk resterà con noi?»

Lui aggrottò la fronte. «Ti condivideremo, quindi sì. Saremo legati, tutti e tre.»

«Non credo che lui mi voglia.»

«Non è questo, piccolina. Brokk ha paura di lasciarsi andare a qualcuno, di provare sentimenti per qualcuno. Perché l'ultima volta che l'ha fatto, le persone che amava lo hanno tradito.»

* * *

QUELLA NOTTE SOGNAI di essere ferma di fronte la riva del lago. La Luna gettava il suo bagliore bianco sull'acqua, nera nel buio della notte. Feci un passo avanti e, invece di entrare nell'acqua, camminai sulla sua superficie come fosse terreno, con la stessa facilità. I miei piedi camminarono di loro accordo, portandomi fino ad un'isola che non avevo notato prima, emersa dalla nebbia al centro esatto del lago.

Quando arrivai alla sua riva, qualcosa sembrò chiamarmi. Camminai verso il centro dell'isola, spingendomi contro i cespugli e le felci. Un salice piangente si ergeva al centro di un cerchio di pietre. Io mi fermai in mezzo ad esse, girandomi lentamente, chiedendomi perché mi sentissi come se in quel posto io ci fossi già stata.

* * *

QUANDO MI SVEGLIAI, la luce del Sole mi bagnava il viso. Le mie parti basse dolevano da tutti gli orgasmi della notte precedente, le mie labbra inferiori indolenzite e ben utilizzate.

«In piedi, piccolina» mi chiamò Leif. «Hai dormito per tutto il giorno.»

Io mi stiracchiai. Mi ero ormai abituata alla mia prigionia. Ai giorni in compagnia di questi guerrieri selvaggi ma gentili. Una strana nuova vita, ma non mi faceva più paura come prima.

«Vieni» mi chiamò di nuovo. «Ci sono mele per colazione. Andiamo a mettere qualcosa sotto i denti e a lavarci. Brokk ti ha portato qualche regalo.»

Leif mi portò al lago, lavandomi per bene. Io tenni il viso poggiato contro il suo petto, con le guance troppo rosse per poter riuscire a guardarlo negli occhi. Quelle stesse guance che sembravano affascinarlo tanto. Le sue dita scivolarono su di esse, ed io le baciai. Realizzai troppo tardi che anche lui era nudo; solo quando il suo membro sfiorò la mia gamba, facendomi eccitare di nuovo.

«Leif» respirai.

Il suo pollice accarezzò le mie labbra, ma non fece nient'altro. Si limitò ad allontanarsi e a lavarsi mentre io tornavo in riva.

Ricordando il mio sogno, mi fermai lì, guardando oltre me. Ma anche sotto la luce del Sole non riuscii a trovare quella stessa isola che avevo visto nei miei sogni.

Quando tornammo alle rovine, una pila di nuovi indumenti era stata poggiata su una delle grandi rocce.

«Che cos'è?» chiesi a Leif quando mi porse un bicchiere.

«Vino.»

«Sono andato al mercato», disse Brokk. Era seduto su una roccia vicina, intento a guardarmi. Non per la prima volta, mi ritrovai incantata a fissare le sue spalle larghe, le sue braccia muscolose e il suo petto, quelle dita callose e forti, e sapienti abbastanza da avermi legata come si deve la notte prima. Il ricordo mi colorò le guance un'altra volta.

Leif mi mostrò un vestito che avrei potuto indossare sopra la mia sottoveste.

«È bellissimo… È per me?»

«Beh, a me non entrerà di certo» ridacchiò Leif. «E neanche questo.» Mi porse un piccolo paio di stivali, imbottiti dentro con della pelliccia. Io li presi, troppo sorpresa per poter dire qualcosa. Il vestito era bellissimo, del colore di una foglia di quercia in estate, e arricchito con fili d'oro. Il lavoro di cucitura era perfetto quanto quello di Sage, e quei fili dorati creavano un bellissimo contrasto sul verde.

«Ma questo è—»

«Oro, sì» grugnì Brokk, ed io strinsi più forte l'indumento, spaventata di poterlo far cadere. Non avevo mai visto qualcosa di così prezioso, figurarsi toccarlo.

«Provarlo» ordinò Brokk. «E poi ti darò il resto dei tuoi regali.»

Il mio cuore prese a battere all'impazzata per la felicità mentre Leif mi aiutava ad indossare il vestito.

Quando finii, lui mi accarezzò il viso. «Bellissimo» disse, ma non stava guardando il vestito.

Brokk mi chiamò da lui. Aveva poggiato una pelliccia ai suoi piedi. Mi inginocchiai di fronte a lui, come una donna d'alto borgo di fronte un altare. Leif si tolse il bracciale d'argento intorno al braccio e lo diede al guerriero dal viso rigido prima di alzare i miei capelli, e lasciare che Brokk portasse il cerchio intorno al mio collo.

«Ecco. Così ti ricorderai sempre che appartieni a noi.»

Io mi alzai, e Brokk catturò la mia mano. «Non così in fretta. C'è un altro regalo.»

«È più un regalo per noi che un regalo per te» mormorò Leif.

Brokk prese un cerchio di metallo, grande abbastanza da poter circondare i miei fianchi. Ad esso era attaccato un altro mezzo cerchio.

«Che cos'è?», chiesi.

«Alza le gonne», si limitò a dire lui. Confusa, feci come mi aveva ordinato, ma quando poggiò l'arnese per terra e mi fece cenno di metterci dentro i piedi, realizzai cosa volesse fare.

«Oh no.» Feci cadere di nuovo le gonne, indietreggiando. «No, no, no.»

«Non ti piace il tuo regalo?» Leif mi afferrò, fermando la mia piccola fuga, e il suo braccio si strinse sotto i miei seni.

«Non voglio indossare quella cosa», dissi.

I guerrieri non mi diedero scelta. Brokk si inginocchiò di fronte a me, mentre Leif mi alzava. Le mie gambe andarono dentro i cerchi, e il metallo adesso intorno alla mia vita si strinse forte. Il pezzo intorno alle mie gambe copriva la mia intimità. Potevo muovermi facilmente e con libertà... ma non potevo toccare in mezzo alle mie gambe.

«Quanto a lungo dovrò indossare questa cosa?», chiesi.

«Fino a quando imparerai a non toccarti senza di noi e senza il nostro permesso. Sono andato al villaggio a commissionarlo al fabbro, e lui ha passato tutta la notte a realizzarlo specificatamente per te, per il tuo corpo.»

La cintura era, in effetti, perfettamente della giusta misura.

«Dovresti esserne grata» disse Brokk. «Questa cosa ti impedirà di toccarti. Avrai di nuovo controllo.»

I miei ringraziamenti pesarono tantissimo, perché dalle loro voci sembravano prendersi gioco di me, vestendomi in quel modo elegante mentre mi trattavano da schiava.

«Preferisci le corde di pelle?»

«No.» Rabbrividii, ricordandomi quanto stringessero e strisciassero le corde tra le mie labbra pulsanti, legando e allo stesso tempo innalzando il mio desiderio.

«Vieni. Vogliamo mostrarti una cosa.»

* * *

Se un uomo, o anche una Bestia, avesse fatto una passeggiata tra quelle colline verdi e quelle rovine, di fronte ai loro occhi si sarebbero ritrovati una strana scena—una giovane donna vestita da regina intenta a camminare tra due guerrieri quasi due volte più grandi di lei. Sotto quel vestito bellissimo, la cintura non faceva male né dava fastidio, ma mi ritrovai ben presto a chiedere di esserne liberata per poter fare i miei bisogni. Per quando raggiungemmo la nostra destinazione, le mie guance erano del colore del fuoco, e non interamente a causa del Sole.

Arrivammo in cima alla collina, ed io persi il respiro. Un mantello viola si estendeva per tutto il terreno sottostante, a perdita d'occhio. Acri e acri di meravigliosi fiori selvatici.

«Un dolce giardino di erica» mormorò Leif. «Su questo terreno roccioso, la Regina di un tempo si occupò di creare un giardino adatto a lei. Ad ogni regina.»

Brokk alzò gli occhi al Cielo. «Vieni, Willow. È arrivato il momento di sporcare quegli stivali.»

Leif mi porse la sua mano. «Corriamo.»

Il mio cuore prese a battere all'impazzata mentre poggiavo la mano sulla sua.

Il guerriero dai capelli rossi ed io corremmo in mezzo ai fiori. Presto, prendemmo a ridere, a saltare, a danzare come folli.

Brokk ci seguì, e quando mi feci stanca e mi andai a sedere accanto a lui, lui mi mostrò con un dito tutti gli uccellini di passaggio, tutti i piccoli conigli, la piccola famigliola di topini di campagna che aveva costruito la propria casa proprio in mezzo al campo. Leif afferrò poi uno degli zaini che avevano portato con sé, prendendo da esso della carne essiccata, del formaggio e qualche mela. E ad ogni morso in più che davo al cibo, lui sembrava farsi così soddisfatto che mi permetteva di avere un po' di vino.

Il giorno sembrò non finire mai, chiaro e bellissimo come il Cielo.

«Perché siamo qui?» chiesi dopo un po'.

«Non ti stai divertendo?» rispose subito Leif. «Forse dovremmo trovare un gioco nuovo.»

«Okay» dissi lentamente, non sapendo cosa farne di quell'espressione malandrina che si formò sul suo viso.

«Credo sia arrivato il momento di darti la possibilità di provare a scappare.»

«Come?»

«A meno che, ovviamente, non ti vada di ammettere che non hai più voglia di andare via…»

Guardai Brokk, ma la sua espressione restò solenne, le braccia incrociate al petto.

«Brokk, giocherai con noi?» gli chiese Leif.

«Non sembra proprio un gioco.»

«Oh, ma lo è. E c'è un bellissimo premio in palio, per il vincitore.»

«E intendi davvero che mi lascerete scappare?» Il mio cuore batteva con pesantezza dentro il mio petto. Per qualche ragione, mi sentivo ansiosa all'idea di lasciare quei guerrieri. So bene che avrei dovuto sentirmi sollevata, eppure non lo ero, e quella realizzazione mi fece soltanto perdere di più la testa.

«Ti lasceremo *provare* a scappare», mi corresse Leif. «Ti daremo un po' di vantaggio alla partenza, ma se fossi in te non mi sentirei molto in vantaggio. Per noi sarà facile trovarti. Chiunque lo farà per primo, riceverà in premio un bacio da te.»

«E cosa ottengo io, se vinco?»

«Non vincerai. Ma, se dovessi riuscire a sfuggirci fin

quando non calerà il Sole, allora... ti permetteremo di liberarti della cintura di metallo che hai addosso.»

Brokk sbuffò.

«Oppure...» continuò Leif, alzando un dito. «Potresti semplicemente ammettere adesso che non vuoi più scappare da noi. Ti toglieremo la cintura, e verrai ricompensata per la tua onestà.»

Io digrignai i denti contro di lui.

«Proprio come pensavo» ridacchiò Leif. Si alzò, ed io tremai impercettibilmente. «Questo gioco lo chiamo... conigli e lupi. Tu sei il coniglietto, Willow.» Rimise tutto ciò che aveva preso per il pranzo dentro lo zaino, e poi prese in mano il corno da cui avevamo bevuto il vino fino a quel momento. «Resteremo seduti qui a bere fino a quando il vino non sarà finito, e poi andremo a caccia.» I suoi occhi brillarono di quella luce dorata da predatore. «Se fossi in te... io comincerei a scappare.»

Il mio cuore batteva più forte del rumore dei miei piedi a sbattere sull'erba soffice quando presi a correre via da loro. Mi avvicinai ad un grande masso, sperando riuscisse a nascondermi, e quando alla fine andai avanti cambiai rotta, dirigendomi verso un burrone. Un piccolo torrente scorreva in mezzo alle rocce; mi fermai per un momento. L'acqua avrebbe nascosto le mie tracce, li avrebbe fatti confondere... ma io avrei anche rovinato i miei vestiti nuovi.

Dietro di me, un ululato agghiacciante si alzò dalla collina. La caccia era cominciata.

Corsi verso il torrente e lo seguii. L'acqua avrebbe presto bagnato i miei vestiti e mi avrebbe spinto verso giù, allentando la mia corsa, ma io continuai imperterrita. I cespugli erano più grandi, più alti, lì. Avrei potuto nascondermi. Commisi lo sbaglio di gettare un'occhiata dietro di me, e fu allora che vidi una figura muscolosa seguirmi.

I guerrieri dovevano essersi liberati dei vestiti prima di

cominciare a darmi la caccia. Volavano sull'erba più veloce di quanto potesse essere umanamente possibile. La loro forma sembrava più grande, strana, in qualche modo. Non esattamente umana. Mi sembrò di intravedere del pelo su di loro, quasi come fossero a metà tra la forma umana e quella di lupo.

Non avrei potuto seminarli. Mi gettai dietro un cespuglio gigante, sperando di non essere vista.

Il rumore di passi si fece più vicino.

Scattai in piedi, correndo via dal mio nascondiglio come un uccellino impazzito. Uno dei due ringhiò dietro di me, ed io andai a schiantarmi dritta contro il petto dell'altro.

«Presa, piccola Willow.» Il respiro di Brokk mi solleticò l'orecchio, la sua voce un sussurro contro di esso.

Io urlai, scalciando e combattendo per liberarmi fino a quando lui non mi posizionò a terra. Leif aveva poggiato una pelliccia sull'erba, ma io continuai a muovermi. Poi Brokk mi girò, posizionandomi sulla schiena, ed io in qualche modo mi calmai quando vidi i loro meravigliosi visi. Adesso sembravano uomini ancora una volta, ma non avrei mai dimenticato la loro forma durante la caccia.

«Ti sei bagnata gli stivali nuovi», disse Leif.

«Non importa» grugnì Brokk. «Levali.»

Mi spogliarono velocemente, ma con gentilezza.

«E adesso che succede?» Stavo tremando, spaventata ed eccitata al tempo stesso.

«Hai perso, piccolina. Ci devi un bacio.»

Io annuii, e mi mossi verso Brokk. Lui strinse i miei capelli in pugno, e con una presa ferma ma gentile, mi guidò la testa verso giù. «Non sulle labbra, piccola bambina. Sul mio cazzo.»

Gli sbottonai i pantaloni, e con un verso soddisfatto, lo presi fino in fondo, la lingua a bagnare il suo membro interamente.

«Per tutti gli Dei» imprecò Brokk, stringendo con più forza i miei capelli. Io mi sentii immediatamente soddisfatta.

«Brava bambina», ridacchiò Leif.

Brokk sembrò fare di tutto per trattenersi, ed io in risposta feci di tutto per tentarlo, per fargli perdere la testa. Le mie piccole mani strinsero le sue cosce muscolose e giganti, tenendolo prigioniero delle mie azioni mentre succhiavo con forza e avidità.

E, alla fine, lasciò andare così tanto seme che la mia bocca non riuscì a contenerlo tutto. Ciò che sembrò scappare via dalle mie labbra, però, Brokk raccolse con il pollice, riportandolo dentro, facendomelo succhiare dal suo dito.

«Bel lavoro» disse Leif.

Brokk mi lasciò un bacio sulla fronte, ed io mi sentii brillare d'orgoglio.

«E ora...» Leif afferrò una ciocca dei miei capelli. «Tocca a me, baciare te.»

Io mi voltai verso di lui, ma Leif mi fece appoggiare sulla schiena, la testa sul grembo di Brokk.

«Questa cintura deve andare via» si lamentò Leif, e Brokk lo aiutò a disfarsene. Sussultai quando l'aria fredda colpì le mie parti basse.

«Sente un po' freddo» disse Brokk, giocando con i miei capezzoli turgidi.

Leif alzò il mio vestito fino al mio stomaco, e poi abbassò la testa in mezzo alle mie gambe.

«Cosa—» dissi, gemendo quando le sue labbra poggiarono un bacio sull'interno della mia coscia, facendosi poi strada verso la mia vagina già completamente bagnata. Le mie gambe provarono a chiudersi, ma lui le tenne ben ferme con le mani. Tremai, gemendo, già vicina all'orgasmo per quando la sua bocca raggiunse la sua destinazione finale. Brokk mi tenne ferma mentre io tremavo, completamente in balia della lingua meravigliosa di Leif. I talloni si spinsero sul terreno, la mia schiena e il mio stomaco si strinsero per il piacere. Gemetti il suo nome, quando venni. E quando mi rilassai, lui alzò il viso, passandosi un dito sulla bocca per pulirsi, e poi succhiando anche quello.

«È stato divertente, piccola, non è vero? Giochiamo di nuovo?»

* * *

GIOCAMMO A "LUPI E CONIGLI" per il resto del pomeriggio. Non riuscii mai ad essere il lupo. La posta in gioco si fece sempre più alta, e dopo un po' di tempo, loro decisero che avrei dovuto giocare nuda. Quando mi capitava di scappare via da uno, venivo sempre riacciuffata dall'altro, presa e baciata con così tanta forza e passione da togliermi il respiro.

Una volta sola mi rifiutai di correre.

«Sculacciala e rimettile la cintura» suggerì Leif, e Brokk mi posizionò sulle sue gambe, facendo diventare il mio sedere rosso fuoco prima di rimettermi la cintura. Poi mi legò le braccia dietro la schiena, e mi fece andare verso Leif.

«Dovremmo legarle anche le gambe», ridacchiò Leif. «A quel punto sì che sembrerebbe una coniglietta perfetta.»

«No» disse Brokk, la sua mano a scivolare sulla mia pelle nuda. «Potrebbe farsi male.»

Mi fecero inginocchiare e scoparono la mia bocca ancora e ancora, dandomi poi dell'altro cibo e dell'altro vino. Mi sedetti a turno sulle gambe di Brokk e su quelle di Leif. Per quanto Brokk avesse sempre quell'espressione ferma e dura, le sue carezze erano dolci, le sue dita attente quando scivolano sui miei fianchi, sui miei seni, quando stringevano i miei capezzoli. Le sue labbra soffici e meravigliose sul mio collo, i suoi morsi perfetti.

«Per favore» dissi, quando la mano di Brokk toccò le

pieghe bagnate in mezzo alle mie gambe, ancora strette nella cintura.

Ancora una volta, i guerrieri mi liberarono da essa, facendomi coricare sull'erba soffice.

«Non hai il permesso di toccarti. Solo noi possiamo» comandò Brokk, esplorando poi ogni singola curva e ogni singola piega della mia intimità, facendomi tremare di piacere, facendomi gemere e urlare.

Un sorriso gli illuminò leggermente quel viso di pietra quando portò le sue dita alle labbra, ripulendole con la lingua e tastandomi al tempo stesso.

«È il mio turno» disse poi Leif, riportando la bocca in mezzo alle mie gambe. Le mie dita scivolarono tra i suoi capelli fino a quando Brokk non afferrò i miei polsi, tenendoli stretti sopra la mia testa.

Il piacere crebbe, si fece sempre più forte e poi esplose dentro di me. Le mie urla furono così forti che, ero certa, sarebbe stato possibile sentirle ben oltre la collina.

Quando Leif finì di ripulirmi con la sua stessa lingua, mi rimisero addosso la cintura.

«Il tuo sapore è meravigliosamente soddisfacente» mi disse Leif, pulendosi la bocca. «E adesso che conosciamo il tuo odore, non potrai mai più scappare da noi. Ti ritroveremo in men che non si dica, come fosse la cosa più semplice del mondo.»

Con il corpo ancora preso dal piacere, mi limitai ad annuire il mio consenso. Non avevo più voglia di scappare via da loro.

«Come sarà, essere vostra compagna?» chiesi.

«Le nostre menti saranno collegate. Sarai connessa a noi attraverso lo stesso legame che lega me e Brokk.» Si toccò la fronte con un dito. «Ci sentirai parlare anche qui dentro. Non potrai più nascondere i tuoi sentimenti. Tutti e tre saremo più vicini di qualsiasi altra persona al mondo. E insieme ti condivideremo, per sempre.»

A quelle parole, Brokk sembrò ritornare sulla Terra. Come fosse stato in una sorta di piccolo Paradiso, insieme a noi, e solo in quel momento si fosse reso conto che era invece la realtà. Il suo viso si fece scuro, e in un attimo fu in piedi, e lontano da noi. Stava andando via.

Leif aggrottò la fronte. «Torniamo a casa.»

BROKK

on dovresti lasciarci in questo modo, mi rimproverò Leif dentro la mia testa. *Willow pensa che tu non la voglia.*

Non ho ancora deciso se la voglio, fratello, sputai dentro il legame, specialmente quell'ultima parola.

Leif restò in silenzio per così tanto tempo che mi ritrovai a sperare di poterlo sentire parlare di nuovo, solo per farmi distrarre dai pensieri dolorosi che stavano cominciando ad infestare la mia testa.

È stato tantissimo tempo fa, disse lui, dopo un po'. *Pensavo mi avessi ormai perdonato.*

Mi fermai dentro la foresta, girandomi a guardare Leif e Willow ritornare in mezzo alle rovine. Non aveva nulla dei comportamenti tipici della donna di cui mi ero innamorato tanto tempo fa, nelle terre del Nord. Lei non era mai stata toccata prima di noi, da nessun altro uomo.

E non verrà toccata da nessun altro, mai più, mi disse Leif. *Ma è nostra, adesso, e la condivideremo equamente.*

Lei vuole più te che me. Le piaci di più.

Tu non sei molto attraente quando ti metti quella faccia così arrabbiata. Prova a sorridere. Ho sentito che fa bene. Leif chiuse il legame con forza, come fosse stato un portone.

Portò Willow al lago mentre io mi occupavo di tagliare la legna. Si liberarono di tutti i vestiti, e le loro risa divertite mi arrivarono forte e chiaro anche da lontano. Tirai a terra l'ascia. Willow che rideva… In pochi giorni, Leif era riuscito a corteggiarla, a vincersela, proprio come aveva voluto fare sin dall'inizio. Magari, quella notte, si sarebbe coricato insieme a lei e l'avrebbe presa, e l'avrebbe marchiata come sua compagna. Il mio cuore si strinse al solo pensiero. Sarebbe stato meglio se io e lui non avessimo mai legato. Se non fossimo mai diventati fratelli nel modo in cui lo eravamo. Perché se non l'avessimo mai fatto, lui avrebbe potuto prendersela da solo, ed entrambi avrebbero potuto essere felici.

La magia sembrò bruciare dentro di me a quel pensiero intrusivo e geloso. La Bestia, che con gli artigli cercava di farsi spazio per salire in superficie, era già pronta a lottare per ciò che voleva. Non mi avrebbe mai permesso di lasciare andare la mia compagna. La voleva tanto quanto la voleva Leif.

Me ne andai. Correndo a velocità Berserker, arrivai alle colline più alte prima che si facesse buio. La giornata era bella e calma, e potevo vedere a miglia e miglia di distanza. Una nebbiolina leggera nascondeva parzialmente l'orizzonte a sud, ma era ancora abbastanza lontana.

Nei posti più alti, mi capitava spesso di trovarlo più semplice, parlare con il branco. Continuai a camminare, i piedi sulle rocce fredde, per trovare il posto migliore per poterli contattare.

Dopo essere arrivato più in alto che potessi, sentii un eco improvvisamente familiare.

Svein?

Brokk? Dove sei?

Gli mandai un'immagine di dove mi trovavo, e delle rovine in cui avevamo messo radici per il momento. *Che mi dici di te e Dagg? Siete a casa?*

No... Ci stiamo nascondendo. Gli Uomini Grigi... scappando... gli Alpha hanno ordinato... proteggere le donne... la magia del Re Cadavere... bloccando il legame del branco...

La sua voce andava e veniva, ma riuscii a capire ciò che dovevo.

Sono contento che tu e Dagg, almeno, siate al sicuro. Anche noi abbiamo incontrato gli Uomini Grigi. Non gli dissi quanto Leif fosse andato vicino a perdere la testa a causa della Bestia, nel tentativo di sconfiggerli. *La magia del Re Cadavere ha colpito un intero villaggio e ha trasformato i morti nei suoi servitori, altri Uomini Grigi. È per questo che ce n'erano così tanti, così in fretta.*

Troppi da combattere... evitarli... gli Alpha hanno contattato la strega per trovare un incantesimo... lo stregone si fa sempre più forte...

Noi siamo al sicuro, per adesso. Abbiamo preso una donna, Willow, e la stiamo tenendo al sicuro. Svein?

Sì?

Non riuscii a tenere il sorriso a bada. *Avete trovato la vostra compagna?*

Quella volta, il messaggio arrivò forte e chiaro. *Sì. È con noi, adesso.* Il suo tono era orgoglioso e dolce insieme. *Era spaventata, all'inizio, ma è molto coraggiosa. E tu?*

Abbiamo una donna, come ti dicevo. Cercai di tenere a bada la felicità che sentivo dentro quando pensavo a Willow. *Leif pensa che sia la nostra compagna.* E lo pensavo anch'io, realizzai in quel momento. Altrimenti non mi avrebbe fatto così male, andarmene. Non avrei sentito il bisogno di competere contro Leif.

E che ne è di Rolf e Thorbjorn? chiesi.

Non abbiamo loro notizie. Come noi, probabilmente sono

andati lontani per tenere al sicuro le loro compagne... altrimenti, si sono persi. Non sappiamo nulla. E neanche gli Alpha.

E la donna che avevano preso?

Il suo nome è Sage.

Mi sentii come colpito, in quel momento. Sage era l'amica più stretta di Willow. Volevo darle delle buone notizie.

Grazie per avermi aggiornato, dissi a Svein. *Puoi connetterti con gli Alpha? Fargli sapere che stiamo bene?*

Sì. Il loro ordine è di ritornare alla montagna, ma di evitare gli Uomini Grigi. Di restare al sicuro, principalmente. Di restare insieme e, qualsiasi cosa accada, di tenere al sicuro le nostre compagne.

Lo faremo. Ad ogni costo. Che la Luna possa risplendere su di voi, fratelli.

Quando chiusi i contatti con Svein, la mia testa scoppiava di dolore. La Bestia si era rifatta viva, dandomi forza. La spinsi in fondo, perché non volevo rischiare di farla uscire fuori, di darle libertà. Stare lontani dal branco per così tanto tempo era pericoloso; senza la forza degli Alpha, Leif ed io avevamo soltanto l'un l'altro, su cui contare.

Mi ero sbagliato, realizzai mentre scendevo giù dalla montagna. Willow apparteneva a me tanto quanto apparteneva a Leif. Dovevo corteggiarla come aveva fatto lui, così l'avrei sentita ridere e l'avrei vista sorridere anche con me.

Ovviamente, io non ero mai stato bravo tanto quanto lui in quel campo. Se ci avessi provato e poi fallito, lei mi avrebbe voltato le spalle per andare a trovare conforto tra le braccia di Leif?

Il solo pensiero mi fece male quanto un coltello dritto al cuore. Strinsi i denti.

Quando lasciai la montagna, camminai dritto dentro la nebbia ai piedi delle rocce alte. Quella stessa nebbia che avevo scorto all'orizzonte, e che era arrivata più velocemente di quanto pensassi.

Brokk. Fratello. Dove sei?

Sto arrivando. Presi a correre dentro la nebbia.

La Luna piena si fece strada sopra la mia testa. Avrei dovuto essere eccitato, pronto a reclamare la mia donna con il mio fratello guerriero.

Invece... sentivo soltanto dolore.

LEIF

*W*illow era seduta di fronte al fuoco, il colore su quelle guance dolci dopo una giornata passata sotto il Sole. Aveva una piccola rosa fissata dietro l'orecchio —un mio piccolo regalo. Avevamo passato ogni singolo momento di quel giorno insieme, e sarebbe stato il giorno più bello della mia vita, se non fosse stato per un piccolo dettaglio: che mancava Brokk in quella giornata.

La testa mi faceva male a causa della separazione. Lo sentii scalare le montagne per arrivare in alto, utilizzare gran parte della sua forza per provare a parlare con Alpha.

Lo sentii prendere a correre, cercando di allontanarsi da quella nebbia strana che ancora una volta strisciava sul terreno. Aprii il legame, mandandogli un po' della mia forza.

Andiamo, Brokk, torna a casa. Abbiamo bisogno di te. Sono riuscito a tenere a bada la Bestia per tutto il giorno, ma avrò bisogno di reclamare Willow presto. Ne abbiamo bisogno entrambi. Perché sei stato via per così tanto tempo?

Perché mi sembrava che tu stessi bene senza di me.

Fratello... quante volte dovrò ancora dirtelo? Insieme siamo più forti.

A rispondermi fu il silenzio. Io presi un bel respiro, e continuai. *Nell'ultimo secolo, ci siamo ritrovati a condividere tantissime cose. Ma non l'ho mai dimenticata la donna che è riuscita a dividerci.*

Tu mi hai tradito, Leif.

E ti ho chiesto scusa, per questo. Ho pregato per il tuo perdono. Ho provato a fare qualsiasi cosa per meritarmelo. Sono tuo fratello, Brokk, sono un tuo compagno. Starò sempre al tuo fianco, sempre.

La risposta di Brokk sembrava fredda. *Siamo guerrieri. Fratelli in guerra.*

E che mi dici di Willow? Lo sai meglio di me che dobbiamo reclamarla. Non abbiamo più tanta presa sulla Bestia. Lei può curarci. Se te ne vai, non è giusto neanche per lei.

No, non è giusto per lei.

Permettile di essere ciò che ci lega un'altra volta. Gli mandai un'immagine della nostra donna, stretta vicina a me di fronte al fuoco, il bellissimo vestito verde che le aveva portato Brokk a colorarle gli occhi. Le guance rosee, la pelle chiara, e i suoi bellissimi capelli neri. E in più il suo coraggio, i suoi sorrisi, il suo odore… era irresistibile.

Per una volta, non avevo bisogno delle mie parole o del mio charm. Sarebbe riuscita Willow, da sola, con la sua bellezza e con il suo essere, a convincere il mio fratello guerriero che era lei il suo destino, in un modo in cui io non sarei mai riuscito.

Brokk, alla fine, rispose. *Se accetto, dovrai promettermi una cosa: che la condivideremo equamente, oppure affatto.*

Non posso dividerla in due metà esatte con la mia spada.

No. Ma tu la reclamerai in un modo, ed io in un altro.

Mi aspettavo già che troncasse la comunicazione, così, quando lo fece, io mi andai a mettere di fronte ad una parete, e aspettai che le sue ombre si muovessero sull'erba. Il suo controllo era ancora forte. Era riuscito a scappare via dalla nebbia, e a non far uscir fuori la Bestia allo stesso tempo.

Avevo sperato di poter mangiare con lui, di imboccare Willow insieme, di provarle, insieme, che ci saremmo potuti prendere entrambi cura di lei. Ma lui aveva già mangiato, e così mi allontanai da Willow per poterlo raggiungere prima che lui potesse entrare nel cerchio di pietre.

«Brokk, quando hai detto che la reclameremo entrambe—»

Lui tirò fuori dalla tasca un plug di legno, a forma di lampadina, con una punta stretta alla fine. Un altro oggetto che aveva commissionato al villaggio, senza dubbio.

«Willow» la chiamò lui, e lei si alzò di scatto, una punta d'impazienza nei suoi occhi quando sentii la sua voce. Brokk piantò una mano sul mio petto, spingendomi via. io ringhiai. La mia Bestia si svegliò di colpo, pronta a combattere, ed io dovetti chiudere gli occhi e respirare più volte per ritrovare il controllo, poggiandomi sulle pietre più alte nelle ombre.

Non è pronta, Brokk! dissi attraverso il legame. *Dobbiamo essere gentili.*

«Willow, ti ho portato un altro regalo.»

«Che cos'è?» chiese lei, toccando il pezzo di legno liscio che Brokk le mostrò dal palmo delle sue mani.

«Va dentro il tuo culo» disse, così.

Lei arrossì, staccando subito la mano.

Io gli scoccai un'occhiata di fuoco. *Almeno potresti essere più delicato.*

«Perché, Leif?» mi chiese ad alta voce. «Non lo preferisci, forse, quando sono così diretto e duro? Io la addestro ad ascoltarci, ma quando la lezione è finita, lei è troppo schifata per guardarmi negli occhi e corre nelle tue, di braccia, perché è a te che vuole bene, non a me. E penso che questo sia sempre stato il tuo piano, non è forse così?»

Lo sguardo di Willow passò da un lato all'altro, la fronte aggrottata.

«Stupido» dissi io, un verso gutturale. Brokk doveva aver

capito che stessi arrivando vicino al perdere il controllo. Strinsi le mani a pugno, cercando con tutte le mie forze di mantenere il controllo. Le mie dita si stavano già allungando in artigli, e la magia mi pizzicava la spina dorsale, pronta a Trasformarmi. «Tu scegli di essere rude di tua spontanea volontà. Sei tu che ci spingi via, non noi.»

Brokk mi voltò le spalle. «Vieni, Willow. È arrivato il momento di testare quanto ci sei devota.»

«Sii gentile, fratello.»

Stai zitto. Mi volevi indietro, sono tornato. E adesso tu starai in disparte mentre io la porto verso l'ecstasy ed oltre. La sua mano scivolò con violenza sul suo sedere, stringendo con forza. Il suono sorpreso che scappò dalle labbra di Willow me lo fece diventare immediatamente duro.

Lei lo vuole. Vuole la mia dominanza. Sono io che la soddisfo, non tu.

La mia visione si fece sfocata per un momento, il pelo a spuntare sulle mie braccia mentre la magia si preparava a prendere il controllo. Mi strinsi contro la parete, combattendo contro me stesso. *Dovremmo essere eguali in questo rapporto, Brokk.*

Eguali? Non sono io quello che non riesce a controllare la sua Bestia. Forse dovrei semplicemente prendermela e portarla via da te, lasciarti da solo a regnare su queste rovine.

Io ringhiai, ridendo dalle ombre. Brokk spinse via Willow, girandosi per affrontarmi. Afferrò l'ascia da vicino a sé e alzò il braccio verso di me. Io mi abbassai immediatamente, afferrandolo. Prendemmo a combattere, entrambi con la stessa stazza e la stessa forza. un combattimento tra di noi non sarebbe finito bene, e lo sapevamo entrambi. Ci fulminammo con lo sguardo, stretti in un silenzioso, pericoloso abbraccio pronto a sfociare in qualcosa di molto peggio.

«Fermatevi!» urlò Willow. «Fermatevi adesso, entrambi!» La sua voce riempì il cerchio di rovine, un tremore sottile nelle sue parole. «Non litigate.» Prese ad avvicinarsi, più coraggiosa di quanto mi piacesse in quel momento.

«Allontanati da noi, ragazza» ringhiai. «Siamo pericolosi.»

«Non mi farete del male» scattò lei, guardandomi negli occhi.

Prendemmo un respiro, e poi io e Brokk ci lasciammo andare. Willow camminò verso di noi fino a finire in mezzo.

Poi si girò a guardare Brokk. «Che cos'è che vuoi da me, esattamente, Brokk?»

«Tutto» sibilò lui, arreso. «La tua sottomissione. Le tue urla. Le tue suppliche. La tua volontà, piegata alla mia.»

«Alla nostra» corressi subito io.

Lei annuì. «Molto bene.»

«Piccola—»

«Stai zitto, Leif» mi zittì lei, e se non fossi stato così arrabbiato, probabilmente avrei riso per quel coraggio. Poi la vidi allungare la mano per ricevere il plug. «Lo farò.»

WILLOW

«*L*o farò», ripetei allora.

«Vai verso la pelliccia» disse Brokk, senza staccare gli occhi di dosso a Leif. «Spogliati e inginocchiati sulle coperte. A quattro zampe.»

«Culo in aria», aggiunse Leif.

Entrambi i guerrieri sembrarono rilassarsi, ma continuavano a non togliersi gli occhi di dosso, i guerrieri che erano in loro troppo abituati a non abbassare la guardia di fronte una minaccia. Deglutii, ma feci come Brokk mi aveva ordinato. Sembrava che la mia obbedienza fosse di vitale importanza per evitare che si staccassero il collo a vicenda.

Il mio cuore prese a battere forte. Che cos'è che li aveva portati a combattere? Che cosa sarebbe successo, a me, se loro si fossero fatti nemici? Mi chiesi se Brokk si era reso conto che la sua risposta, quando gli avevo chiesto cos'è che volesse da me, fosse la stessa di Leif. *Tutto*, avevano detto. Quegli uomini volevano tutto ciò che avevo da dare, e non avrebbero accettato niente di meno. Ma non avrebbero chiesto nient'altro.

Tolsi di mezzo i bellissimi vestiti che mi avevano dato,

tremando d'anticipazione. La mia pelle brillava sotto la luce della Luna mentre attraversavo le rovine. Sarei mai stata bella abbastanza per loro? Un brivido mi attraversò la spina dorsale, e fu tutto ciò che mi serviva per capire che i loro sguardi erano su di me. Quando azzardai uno sguardo verso di loro, i loro occhi sembravano non riuscire a staccarsi dal mio corpo. Brillavano di luce dorata e pronta, selvaggia.

Inginocchiandomi, mi misi in posizione, alzando il sedere in alto.

«Brava bambina» sussurrò Brokk, ed io tremai di piacere solo per la sua approvazione.

Mi morsi le labbra mentre aspettavo con la mia mercanzia esposta, le ginocchia sulla pelliccia. I capelli mi caddero di fronte al viso, fino a quando uno dei due non si inginocchiò di fronte a me per scostarli via. Leif. Il suo viso sembrava aver perso la tensione di poco prima, ma non era tornato ad essere del suo solito umore leggero e scherzoso. Mi passò il pollice sulle labbra, ed io ce le chiusi sopra, succhiandolo nello stesso modo in cui avevo succhiato il suo cazzo la notte prima. I suoi occhi si fecero più caldi, e un angolo delle sue labbra si era incurvato all'insù quando tolse via la mano. Mi rilassai ancora di più. Mi aveva spaventato più di quanto fossi in grado di ammettere, quando avevo visto la rabbia impossessarsi della sua espressione. Brokk ero abituata a vederlo con quella sua tipica espressione tesa, quasi arrabbiata. Mi ero quasi convinta di essere riuscita a scalfire quella sua corazza, ma la loro improvvisa lotta mi aveva destabilizzata.

Forse c'era qualcosa che potevo dare a quei guerrieri. La mia dolcezza e la mia sottomissione, l'accettazione di qualsiasi cosa volessero farmi. Fino a quel momento, ogni singola cosa che avevano fatto mi aveva dato soltanto piacere, mai dolore. Mi fidavo di loro. Non mi avevano ancora delusa.

La mano di Brokk scivolò sul mio sedere.

«Meraviglioso», mormorò.

«Non abbiamo olio per poter facilitare l'entrata del plug» disse Leif. «Che cosa userai?»

«I suoi stessi umori.» Le dita di Brokk toccarono in mezzo alle mie gambe, accarezzando le mie labbra inferiori. «Hai indossato la cintura tutto il pomeriggio?»

«Sì, Brokk», gli dissi.

«E ti ha fatto sentire posseduta, Willow? Ti ha fatto sentire pronta, ti ha fatto pensare a me?»

«Sì.» La mia testa si abbassò. Con la cintura su di me, ogni singola volta che mi muovevo la mia vagina pulsava di piacere, ricordandomi di loro, di quando mi avevano messo quella loro creazione addosso, rinchiudendo il mio sesso dalle mie stesse mani per renderlo soltanto loro. Ed ogni singola volta che ci pensavo, mi eccitavo sempre di più.

«Leif è più bravo di me. Ti ha liberato dopo qualche ora. Se dipendesse soltanto da me, te lo farei indossare ogni giorno e ogni singola notte. Toccarti sarebbe un privilegio mio, e mio soltanto. Toglierei la cintura soltanto per pulirti e toccarti, ed ogni singola volta riscalderei l'acqua e passerei la stoffa sopra ogni singolo centimetro del tuo corpo. E quando pulirei in mezzo alle tue gambe, mi prenderei il mio tempo, andando così lentamente da farti perdere la testa. E se dovessi venire, verresti punita.» Pizzicò una delle mie labbra, ed io trattenni un urlo. La sua voce era bassa, riverente, come fosse entrato in una sorta di trance. Non volevo rompere quell'incantesimo.

«Così bagnata, così pronta» continuò. «C'è abbastanza miele qui da utilizzare per penetrare il tuo bel culetto.»

«Fallo, allora» grugnì Leif, ma non era arrabbiato; solo impaziente. Si inginocchiò accanto a me, il suo cazzo vicino al mio viso, a spingere contro i pantaloni. Alzai la mano, tracciando la sua lunghezza con un dito. Lui afferrò il mio polso e alzò la mia mano verso le sue labbra per succhiare le mie dita. I suoi canini graffiarono la mia pelle, ed io gemetti.

«Ferma, piccola. Abbiamo ancora tanta strada da fare.» Brokk passò un panno bagnato sulla mia entrata secondaria, pressando. Quel gesto intimo in quel posto mai toccato mi fece imbarazzare così tanto che sentii il bisogno di abbassare la testa.

«Non c'è niente di cui vergognarsi» disse Leif. «I tuoi compagni si occuperanno di te, e ti puliranno per bene.»

Trattenni il respiro quando le dita di Brokk entrarono dentro di me, poi scivolando in mezzo alle mie labbra inferiori per raccogliere i miei umori prima di bagnare la mia seconda entrata con essi. Un dito spinse dentro l'ano, ed io mi feci tesa.

«Rilassa il corpo» ordinò Brokk, ma il suo tono non era come quelli a cui mi ero ormai abituata: era calmo e dolce in un modo che non avevo mai ancora sentito. Respirando, mi aprii a lui, e il suo dito entrò dentro di me. Lavorò dentro di esso, facendomi aprire, divaricandolo sempre di più.

«Non è bellissima?» sussurrò Brokk. Sbattei le palpebre verso Leif, che si limitò a farmi l'occhiolino, il suo sorriso finalmente di nuovo lì. La dura corazza di Brokk era finalmente caduta, mostrando l'uomo passionale che era davvero. Leif metteva sempre a nudo il suo cuore, ma Brokk nascondeva i suoi sentimenti così in profondità che era impossibile per me trovarli. Li amavo entrambi, ma mi lasciai sopraffare da quel piccolo scorcio dell'uomo che, ora sapevo, Brokk poteva essere.

«Oh, sì… È così bagnata… le piace.»

«No» gemetti, e una mano schiaffeggiò con forza il mio sedere.

«Fai la brava», mi ricordò Leif.

«Non è giusto» protestai. La mia faccia scottava. Desideravo soltanto far cadere i miei capelli sul viso, per nasconderlo.

Leif afferrò il mio mento. «Fidati dei tuoi compagni. Lo stiamo facendo per te, per il tuo piacere e per il nostro.»

«Scommetto che potrebbe venire soltanto con il mio dito qui dentro» disse Brokk, continuando a penetrare il mio ano. Quella stimolazione fece stringere le pareti della mia vagina, desiderosa di essere riempita.

«Oh, sì.»

Mentre Brokk continuava a scoparmi da dietro con un dito, l'orgasmo prese a farsi strada dentro di me, un'onda leggera intenta a stringersi intorno ai miei muscoli, facendosi sempre più forte.

Brokk continuò a stuzzicare la mia entrata secondaria mentre il suo pollice scivolava tra le mie labbra inferiori, collezionando altri umori.

«Oh no...» La mia bocca si fece secca, le mie gambe presero a tremare. Il tocco di Brokk non mi infastidiva per niente, piuttosto mi imbarazzava l'idea che fossi così vicina a venire a causa di quel gesto. «No...» Abbassai ancora di più la testa, nascondendo il viso.

«Fai la brava, Willow» disse Leif. «Fai la brava bambina.»

Qualcosa di duro mi penetrò di colpo da dietro. Brokk prese a scoparmi lentamente con il plug di legno, divaricando sempre di più il mio ano. Io strinsi, cercando di resistergli, e lui strinse con una mano la mia natica.

«No. Fai la brava. Questo va dentro. Non vogliamo farti male.» Mi baciò quella stessa natica, la sua barbetta a solleticare la mia pelle sensibile.

«Rilassati, piccolina.» Leif prese ad accarezzarmi i capelli. «Tu appartieni a noi. E questo è ciò che vogliamo da te. Vuoi darci piacere, giusto?»

«Sì», dissi, e girai la testa per baciargli la mano.

Il mio piacere si fece più forte, un'ondata a cui non sarei

riuscita più a resistere. Brokk chiamò a sé il mio orgasmo con una mano tra le mie gambe e l'altra intenta a spingere sempre più forte il plug dentro il mio ano. Alla fine, Brokk spinse con tutta la sua forza, e il plug entrò dentro, il mio secondo buco a chiudersi intorno a quell'oggetto sconosciuto, la mia vagina a gocciolare tremendamente. Il plug non si mosse. Io sospirai, lasciando cadere la testa sulla pelliccia.

«Ecco qua, piccola.» Leif mi accarezzò il collo. «Tutto fatto, e senza troppi problemi. E adesso?»

«Adesso le rimettiamo la cintura. Ci godiamo il vino, e la lasciamo a servirci, facendola aspettare un po'.»

«No!» scattai in alto, e Brokk mi acciuffò subito. Ridacchiando, mi mise sul suo grembo, una mano ancora in mezzo alle mie gambe, l'altra a stringere i miei seni. «No? Ti compete, dare ordini ai tuoi compagni?» Schiaffeggiò un seno, poi l'altro. Piccoli schiaffi giocosi, ma forti abbastanza da farmi tremare di desiderio.

La mia bocca si aprì, le mie labbra si mossero, ma da esse non uscì alcun suono. Il mio orgasmo era così vicino da farmi perdere la testa. Il plug spingeva dentro il mio culo mentre sedevo sulle gambe di Brokk, e quando provai ad alzarmi lui mi spinse dai fianchi su di lui con forza, riempiendomi. La mia vagina gocciolò ancora.

«Presto sarà riempita da entrambi. Ti piacerebbe? Guarda Leif e dillo a lui.»

«Sì» gemetti. Leif aveva il cazzo in mano, e lo pompava lentamente mentre guardava Brokk stringermi i fianchi con forza.

«Ti reclameremo entrambi. Io prenderò un lato, e Leif prenderà l'altro. Ti scoperemo con te in mezzo a noi, e ti riempiremo del nostro seme. E poi ti rimetteremo sulle pellicce, bisognosa e desiderosa di avere di più. E tu pulirai i nostri cazzi con la tua bocca, e ti godrai il nostro piacere come fosse tuo.»

Era così sporco, così sbagliato, eppure con le sue parole il mio orgasmo si fece sempre più forte ed io non riuscii più a fermarlo. Le sue dita continuavano a giocare tra le mie pieghe bagnate e pulsanti.

«Ti piacerebbe, Willow? Noi ci prenderemo cura di te, ti laveremo e ti vestiremo, e ti acconceremo i capelli. Ti terremo al sicuro, ma ogni giorno tu avrai bisogno di noi, ed ogni notte ti aprirai a noi, ci darai il tuo corpo. E resterai per sempre prigioniera dei nostri desideri.»

Un urlo scappò via dalla mia bocca, un suono selvaggio e alto che rimbombò tra le rovine. Il piacere scosse tutto il mio corpo, facendolo tremare come un albero durante una tempesta. Soltanto le braccia forti di Brokk riuscirono a tenermi in piedi, intera.

Un urlo più basso e gutturale dietro di me mi disse che anche Leif era appena venuto. Il suo seme macchiò il terreno, mandandomi oltre le stelle un'altra volta. La mano di Brokk ancora in mezzo alle mie gambe, il suo petto duro contro di me, e le sue labbra sul mio orecchio mi tenevano ancorata a questo mondo, ma ogni singolo tocco mi portava fuori di testa, e lo sentivo fin dentro l'anima.

«Oh, Willow, Willow, Willow» sussurrò Brokk al mio orecchio, una cantilena dolce, e poi alzò le dita, togliendole dalla mia vagina per portarle sulla mia bocca. Io leccai via il mio stesso muschio da esse, e quando finii lui mi voltò la testa verso di lui con i miei capelli tra le mani, e spinse la sua bocca contro la mia. La sua voce meravigliosa e il suo tocco continuavano a farmi tremare nonostante fossero andati via entrambi. Mi abbeverai con fervore del suo desiderio selvaggio, come fossi stata disidratata per tutto quel tempo, come se Brokk fosse la mia acqua, il mio stesso respiro. E quando liberò alla fine la mia bocca, lui poggiò la fronte contro la mia.

«Non ti prenderemo, stanotte, ma lo faremo presto. E tu sarai pronta per noi.»

* * *

Fecero come avevano detto, e anche di più. Mi rimisero la cintura di metallo, mi fecero prendere il vino per servirli, mi presero tra le braccia a turno, facendomi bere qualche sorso dai loro bicchieri prima di farmi mettere in ginocchio per succhiarli un'altra volta.

Sorridevano entrambi, rilassati, quasi di nuovo amichevoli tra di loro.

La Luna si alzò in Cielo e Leif mi prese tra le braccia, e con esse intorno al mio corpo io mi addormentai, come scivolando in un sonno profondo. Sentii gli uomini mormorare tra di loro, ridere, e così la lotta era finita.

Sognai di nuovo di ritrovarmi sulla riva del lago e di camminare sull'acqua. Ma camminavo? Volevo? Non c'era modo di saperlo. Mi sentivo come un uccello bianco, intento a battere le ali sopra l'acqua nera della notte e verso quella stessa isola che avevo già visto. E quando arrivai, non ero sola.

Sotto il salice piangente sedeva una donna vestita di bianco, i suoi capelli neri a scivolare fin oltre la schiena. Mi sembrava quasi di conoscerla. Il viso era giovane, ma i suoi occhi… sembravano essere infiniti.

Mi chiamò verso di lei, ed io mi avvicinai a quel viso pallido. Il modo in cui teneva la testa inclinata, mentre mi guardava, mi ricordava tanto quella statua davanti cui mi ero inginocchiata così tante volte per pregare, quando ancora ero in convento.

Le mie gambe tremavano, ma lei alzò una mano verso di me, un piccolo sorriso ad incurvare quelle labbra tutto ciò che mi serviva a calmarmi.

Quando mi sedetti accanto a lei, tutt'e due ci sporgemmo verso l'acqua ai nostri piedi. Il riflesso catturò la mia attenzione, ed immagini sembrarono correre e giocare sull'acqua. Brokk era sulla cima di una montagna, la nebbia a girare intorno a lui. Nelle ombre, Leif era poggiato contro una delle rocce del castello, i suoi occhi dorati e il corpo ricoperto di un manto scuro, simile a quello di un mostro.

Quando mi sporsi per toccare l'acqua, le immagini andarono via, lasciando nient'altro che il riflesso della Luna.

Ed io realizzai solo in quel momento, guardandola dallo specchio d'acqua, di non avere più paura del mio Calore.

* * *

Sbattei le palpebre, allontanandomi dal mio sogno e tornando nella vita reale.

«La Luna» dissi. «È piena.»

Brokk e Leif si fecero silenziosi. I due stavano parlando, ridendo, scherzando, invece di litigare. Avevo pregato per far ritornare la pace, e la Dea sembrava avermi risposto.

I miei pensieri sembravano coperti dalla nebbia, confusi con il mio sogno. Ricordai cosa avevo visto riflesso sull'acqua prima di vederci la Luna. Brokk era fermo in piedi sulla cima di una montagna, da solo. Leif, invece, era nascosto dalle tenebre, in attesa come un mostro. Uno da solo, l'altro vicino al baratro. Ed io, in qualche modo, in mezzo. In qualche modo, io ero la risposta.

«Stai bene?» chiese uno di loro.

Io mi alzai. Lentamente, portai il vestito oltre la mia testa, e poi lo lasciai cadere. I due uomini erano già in piedi per quando toccò terra.

«Willow» respirò Brokk. «Non sei tenuta a farlo.»

«Lo so. Lo sto facendo perché lo voglio.» Nuda, feci un passo avanti. «Voglio compiacervi.»

«È la Luna che sta parlando per te» disse Leif, guardando il Cielo.

«Non m'importa della Luna, o di ciò che dice, o di ciò che fa.» Feci dondolare i fianchi mentre camminavo. «Tutto quello che voglio è dietro di me.»

Mi leccai le labbra piene, accarezzandomi i seni. Le mie dita li strinsero dolcemente prima di stringere i capezzoli tra due dita, tirandoli forte.

«Ferma» mi chiamò la voce di Brokk. «Quelle non appartengono a te. Soltanto noi possiamo darti il permesso di toccarti.»

Io inclinai la testa di lato. «Beh, e allora» cominciai, facendo le fusa. «Mi date il permesso?»

BROKK

he cosa ne dici? mi chiese Leif. Il mio corpo si fece immediatamente teso, impaziente di andare da lei. Sapevo che lui si sentiva nel mio stesso modo.

Com'è il tuo controllo?

Buono, mi rispose lui. *Ma potrebbe non durare a lungo.*

«Vai sulla pelliccia» ordinai a Willow. «Toccati, come hai fatto ieri note.»

«Non puoi venire» le ricordò Leif.

Lei tremò, ma si limitò ad annuire prima di andare nella sua postazione, il culo a muoversi meravigliosamente mentre camminava. Il mio cazzo prese a premere dolorosamente contro i pantaloni.

«La nostra piccola prigioniera è selvaggia» osservò Leif.

«È esattamente ciò di cui abbiamo bisogno.» Ma dentro mi sentivo freddo. Sarei riuscito ad andare avanti? A fare questa cosa? Saremmo riusciti a marchiarla per sempre?

Willow si coricò sulle coperte, le gambe divaricate, la mano a muoversi tra le sue labbra morbide. Dovevano essere soffici e meravigliosamente bagnate, bellissime come petali di rosa. Stuzzicò il suo clitoride con un dito, lasciandosi andare ad un piccolo, meravigliosamente sexy gemito. E in quel momento io presi la mia decisione.

«A quattro zampe. Mani e gambe.» Mi inginocchiai di fronte a lei, liberando il mio cazzo mentre lei si metteva in posizione. «Non saremo gentili» la avvertii.

Lei si leccò le labbra una volta, e poi aprì la bocca abbastanza da permettermi di penetrarla. Mi succhiò così forte far male, e mi ci volle tutta la forza che avevo per non fotterle la bocca come volevo, forte e dominante.

Leif si inginocchiò dietro di lei. Toccò le sue pieghe bagnate, trovando tutti i suoi punti più sensibili e stuzzicandoli senza pietà. Lei gemette intorno al mio cazzo più e più volte.

«Perfetta» dissi, e presi a muovere i fianchi, scopandola finalmente mentre Leif la scopava con le dita, portandola verso il precipizio. I suoi gemiti mi circondarono il cazzo, scappando via da lei quando Leif si posizionò all'entrata della sua figa vergine.

Le liberai la bocca, afferrando il suo mento. «Preparati, piccolina.» Lei annuì.

Lei gemette, un suono roco e gutturale quando entrò dentro di lei. «Così stretta.»

«Brava bambina» le dissi. «Puoi prenderti il tuo piacere quante volte desideri, questa notte.» Sporgendomi in basso verso di lei, sfiorai le mie labbra con le sue. Stavo per alzarmi, se non fosse stato per lei; spinse le sue contro di me con forza, trasformando quel piccolo tocco in un bacio appassionato. Poi girò il viso, succhiando le mie dita ancora sul suo viso quando mi staccai dalle sue labbra.

«Per favore» respirò, pregandomi. Sarei caduto di fronte a lei se non fossi già stato in ginocchio di tutto principio. Mi voleva tanto quanto voleva Leif. Voleva *me*. Non c'era modo di fraintendere la luce nei suoi occhi.

Leif si spinse fuori e dentro lei con lentezza. Con un ultimo bacio, guidai la sua bocca sul mio cazzo un'altra volta.

«Pronto?» chiesi a Leif.

Insieme la scopammo, spingendoci dentro e fuori in perfetta sincronia. Gocce di sudore le imperlarono la schiena, ed io le scacciai via.

«Così calda, così pronta per noi», gemette Leif.

Il ritmo si fece più veloce, più violento. Ci spingemmo più forte dentro di lei, fino a quando non mi feci vicino all'orgasmo. Il piacere eruppe dentro di me. Tutto sembrò stringersi mentre mi preparavo a spruzzare il mio seme dentro la sua bocca. Leif le sculacciò la natica destra, poi la sinistra, portandola a gemere intorno al mio cazzo, ed io quasi persi il controllo. «Per gli Dei» gemetti.

Leif rise. Poi afferrò i suoi fianchi, finendo con una serie di colpi forti dentro di lei. Un secondo dopo, anche lei si lasciò andare, gemendo. Io mi tirai fuori dalla sua bocca, e venni sulla sua faccia.

Afferrai il suo mento, baciandola di nuovo, tastando il mio stesso sapore sulle sue labbra.

Ansimante, lei cadde sulle pellicce.

«Oh, no» disse Leif prima di tirarla di nuovo su dai fianchi, il culo in alto verso il Cielo. Si piegò a baciarle le labbra. La notte era appena cominciata.

La scopammo quasi fino all'alba. Quando la Luna andò via dal Cielo, facendo spazio al mattino, Willow si addormentò in mezzo a noi.

«È cominciato» disse Leif, passandomi il vino.

Io annuii. Avevamo aspettato più di un secolo per questa notte, e adesso il giorno dopo era già alle porte. Saremmo riusciti a farci amare per sempre da lei?

«Oh, no» mi disse Leif, scuotendo un dito di fronte a me. «Faccia di Pietra, non ti è permesso lasciarti andare ai tuoi brutti pensieri.»

Willow sembrò riprendere vita in quel preciso istante. «State litigando di nuovo?» disse, come una mamma apprensiva.

Io ridacchiai. «No» dissi. «Vieni, fatti lavare.»

«Ma io voglio dormire» replicò lei, affossando di nuovo sulla coperta.

Io la tirai su tra le mie braccia, insieme alle coperte, e andai verso il lago. Lei cacciò un urlo quando la buttai dentro, e mi scoccò uno sguardo di fuoco.

Leif rise, fino a quando non andai ad acciuffarlo. Fingemmo di lottare sulla riva, ed era riuscito a farmi indietreggiare dentro l'acqua fino alle ginocchia prima che io lo tirassi dentro insieme a me.

Poi, sia lui che Willow mi vennero addosso. Non mi rischiai a combattere, per paura di farle del male, e quella volta riuscirono a sconfiggermi. Willow si agganciò a me, stretta sulla mia schiena mentre io mi muovevo dentro l'acqua. Mi abbassai, osservandola nuotare intorno a me, i suoi capelli neri a circondarla.

Il pomeriggio venne e andò via come un sogno.

«Cosa vorresti più di qualsiasi altra cosa, piccola?» chiese Leif dopo un po', seduti su una delle rocce alle rovine. Lei era rimasta nuda sotto nostra richiesta, i capelli ad asciugarsi. Io ero intento ad accarezzarli, pettinandoli con le mie dita. Amavo toccarla, in qualsiasi modo.

Ricordo quando invece non volevi farlo. Leif inclinò un sopracciglio verso di me. Avevo lasciato la mia mente aperta per lui. Ignorai quel commento, ma non chiusi il legame.

«E allora, Willow?» Alzai un sopracciglio. «Dicci cosa desideri di più al mondo.»

«Assicurarmi che le mie amiche siano al sicuro.»

«Oh, ma lo sono. Posso promettertelo. Presto torneremo alla montagna, e potrai vederlo con i tuoi stessi occhi.»

«Perché aspettiamo?»

«C'è una cosa che vogliamo fare, prima di tornare a casa.» Alzai i suoi capelli, lasciando scoperto il lembo di pelle della sua spalla, e toccai il posto dove l'avremmo marchiata. «Ma succederà molto presto, ormai.»

«E c'è qualcos'altro che desideri? Carne, pesce, mele, formaggio?» chiese Leif, contando sulle dita.

«Qualcuno ha fame» ridacchiò lei, ma poi si fece seria un'altra volta. «C'era una ragazza, in convento... un'amica. Il suo nome era Hazel. È sparita. Mi piacerebbe tanto rivederla, ma temo...» disse, non completando la frase.

Hazel... noi la conosciamo, disse Leif.

Sì. È la compagna di Knut. Ad alta voce, dissi a Willow, «Hazel sta bene, Willow. Uno dei nostri guerrieri l'ha trovata fuori dalla caverna del Re Cadavere, e l'ha salvata. Hazel lo ha accettato come suo compagno.»

Willow prese a battere le palpebre verso di me, il petto ad alzarsi ed abbassarsi rapidamente.

«Avremmo dovuto dirtelo prima. In realtà, lei doveva avvertirvi, mandarvi parola del nostro arrivo per salvarvi, ma il Re Cadavere si è fatto più forte e non abbiamo più avuto il tempo, soltanto qualche giorno per organizzare l'attacco al convento e il vostro recupero.»

«Hazel è... viva?» disse Willow, come se non avesse sentito nessun'altra parola oltre quella parte.

«E felice» aggiunse Leif. «È alla montagna, a casa. Con il suo compagno.»

Lei scosse la testa, con le lacrime agli occhi.

«Per la barba di Odino» mormorai. «Vieni qui, piccola, prima di cadere giù dalla parete.» La portai tra le mie braccia, e lei mi strinse forte.

«Grazie» disse, la voce tremante. «Grazie.»

«I Berserker terranno al sicuro tutte le tue amiche, Willow. Proprio come noi terremo al sicuro te.»

* * *

Dobbiamo accoppiarci, dobbiamo marchiarla, presto, mi disse Leif quando il Sole si andò abbassando nel Cielo. *Riesco a sentire la mia Bestia. Sono vicino a perdere il controllo, Brokk.*

Molto bene. Ignorai volutamente l'ansia che mi prese a quelle parole. Leif aveva ragione. Era meglio reclamarla adesso, prima che fosse troppo tardi.

Sei d'accordo con me? Leif sembrava sorpreso, e sollevato.

Lei è quella giusta per noi, dissi, e lo intendevo sul serio. Mi ero innamorato di Willow. Il mio cuore era stato suo nel momento stesso in cui l'avevo vista in quella strada, di ritorno al convento. Quando aveva aggrottato la fronte, stretta in mezzo a noi, come fosse confusa e spaventata, come se lì non volesse starci, ma l'aria si era già riempita dell'odore del suo desiderio.

Deglutii con forza. L'amore si era fatto strada verso di me senza che me ne rendessi conto, senza il mio permesso, scivolando dentro le mie difese. Ed era forte abbastanza da quasi farmi dimenticare le ferite passate.

Quasi.

Provai solo sollievo quando il mio fratello guerriero si allontanò a prendere della legna, lasciando Willow e me da soli. Non per la prima volta, mi ritrovai a maledire il legame fraterno che avevo con lui. Mi ero abituato ad esso, con il tempo, piano piano, ma avere Willow qui, adesso, aveva riportato a galla l'odio e l'aveva reso più forte. Leif mi aveva detto che l'avremmo condivisa, ma in passato, quando io condividevo, lui si prendeva tutto quanto.

«La Luna sarà piena di nuovo, questa notte» dissi io.

«Sta calando», mi corresse lei.

«Quello che è.» La presi in braccio, portandola sulle mie gambe, amando il contatto con la sua pelle, quanto soffice il suo corpo fosse a contatto con il mio. Willow fece scivolare le dita sulle mie braccia, rincorrendo i muscoli forti, cambiando strada come per ispezionare le varie ferite che mi segnavano la pelle. Trattenni il respiro quando le sentii salire su per il mio collo fino al mio viso, tracciando la mia mascella squadrata, le mie sopracciglia pesanti. Non ero un bell'uomo, non lo ero mai stato, eppure Willow mi toccava con la stessa reverenza che aveva dato a Leif in tutti quei giorni, fino a quando io non mi chinai a prendere le sue labbra.

Quando le mie labbra lasciarono le sue, lei incrociò le braccia intorno al mio collo, con un piccolo sospiro.

«Felice?» le chiesi.

«Io...» esitò un attimo, poi disse, «Sì, lo sono. E tu lo sei?»

Io sbuffai. «Starei qui per tutta la vita, se solo fosse sicuro.» E ogni volta che Leif si allontanava a prendere qualcosa, io avrei fatto finta che Willow appartenesse a me, e me soltanto.

Lei aggrottò la fronte, come avesse capito i miei pensieri. «Perché litighi con lui?»

«Cosa?»

«All'inizio pensavo che fossi io, a non piacerti, ma adesso capisco che è lui che non ti piace.»

«Non dovresti dire queste cose.» Provai a togliermela di dosso, ma lei tenne le braccia ben strette intorno al mio collo.

«Perché no?»

«È successo tanto tempo fa, piccola. Non è niente.»

Lei sbuffò.

Mi alzai, mettendola giù. Lei mi lasciò andare, ma prese a seguirmi quando feci qualche passo lontano da lei. «Non mi va di parlare di vecchie ferite.»

«Non possono considerarsi vecchie, se non sono mai guarite» disse lei, la voce dolce e gentile.

«Molto bene.» Rose rosse crescevano tutt'intorno al castello. Ne presi un po', dandone una a lei, e rompendo le altre, petalo dopo petalo.

«Prima di trasformarmi in Bestia, ero innamorato di una donna» dissi. «Avevamo intenzione di sposarci, ma quando diventai un Berserker la lasciai, perché anche se avevo pieno controllo, allora, della mia Bestia, non volevo rischiare la sua vita, non volevo rischiare di essere la causa della sua morte, o di qualsiasi ferita. Lei aveva adocchiato, da sempre, anche Leif, così come ogni donna lo fa.» Cercai di tenere a bada l'amaro che avevo in bocca, soprattutto a quella frase.

«Una notte... lei mi convinse che sarebbe stato okay, condividerla. Solo per una notte. Io non volevo, ma mi dissi che se la faceva felice, allora non c'era nulla di male. Perché l'unica cosa che volevo era renderla felice. Mi disse che niente avrebbe potuto spezzare l'amore che provava per me, e che di quello non dovevo mai temere. Li guardai insieme...» La mia gola si chiuse di colpo. Non riuscivo più a parlare.

Willow si avvicinò a me, incrociando il suo braccio al mio. «Brokk... sei così solo. So bene cosa significa, essere soli.»

Io mi schiarii la gola. «Finisco la storia. Una notte, di ritorno da delle commissioni date dal branco, entrai dentro casa. Leif e lei erano insieme nel letto. Senza di me.»

«E cosa hai fatto?»

«Cosa avrei potuto fare? Me ne sono andato.»

«Te ne vai sempre» disse Leif, spuntando fuori da una delle pareti di pietra.

Mi girai immediatamente a guardarlo, odiando il fatto che fosse riuscito ad avvicinarsi a me senza essere sentito. Volevo sapere quanto del racconto fosse riuscito a sentire, ma non volevo rischiare di toccare la sua mente per scoprirlo.

«E tu menti sempre» risposi io. «Me ne sono andato perché affrontarti avrebbe fatto uscire fuori la tua Bestia. E quando ti ho affrontato dopo, hai dato la colpa a lei. Sei fortunato che, per tutto questo tempo, io sia riuscito a mantenere tutto il controllo che ho. Perché se quella notte non l'avessi avuto, allora avremmo combattuto, e gli Alpha ci avrebbero trovato, e sarebbero stati costretti a ucciderci.»

«Io non—»

«Silenzio! È da più di un secolo che porto sulle spalle il peso della tua Bestia *e* della mia! Io ti odio» dissi, sputando fuori le parole. «Sei un codardo.»

Il viso di Leif si fece scuro. La pelle prese a rompersi, pronta a Trasformarsi. «Attento, fratello.»

«Io non sono tuo fratello. Il legame che ci unisce? Vorrei che non fosse mai nato.»

«Brokk…» mi richiamò Willow, la sua mano stretta intorno al mio braccio.

Io la ignorai. «Avrei dovuto lasciarti morire. Quella sarebbe stata la mia personale forma di giustizia.»

«No!» sussultò Willow, terrificata. «Brokk, non dici sul serio!»

«Invece sì.»

«Per favore…» disse lei, provando a farmi ragionare.

«Vai da lui» dissi, spingendola verso di lui. Lei inciampò a causa della mia forza, e Leif la afferrò subito.

«Che cosa c'è che non va in te?» scattò lui.

Gli occhi della nostra donna erano spalancati di terrore, di sorpresa. Non avevo mai perso le staffe con lei; ero sempre stato in controllo. Mi sentii mangiare dalla vergogna.

«Sarai felice con lui, vedrai» dissi a Willow, poi andai via.

* * *

LEE SAVINO

Mɪ ᴅɪʀᴇssɪ ᴠᴇʀsᴏ ʟᴇ ᴍᴏɴᴛᴀɢɴᴇ, ma poi cambiai strada, navigando senza meta fino a quando non arrivai al campo pieno di fiori selvatici.

La ricordavo come fosse stata ieri, la battaglia che aveva portato alla nascita del nostro legame. Ero stato arrabbiato, impaziente di scendere in campo. Mentre lottavo, circondato da vari uomini, una lancia era stata lanciata dritta verso di me. Avrebbe trovato il suo posto esattamente nel mio cuore se non fosse stato per Leif, che con prontezza si era gettato su di me con il suo scudo, e aveva fermato il suo corso. Poi mi aveva fatto l'occhiolino, ed io avevo ringhiato, non come ringraziamento ma per il fastidio. Gli dovevo la vita, e in qualche ora, avrei avuto la possibilità di ripagare quel debito.

Noi combattevamo come mercenari, al servizio di un Re nelle terre del Nord che voleva prendersi le terre più lontane. Nessuno poteva farcela, contro di noi, ma le forze avversarie avevano dalla loro parte un gigante, un uomo enorme e molto potente. Non era come i Berserker, e la sua forza non poteva essere comparata, ma era forte, ed era stato mandato insieme a tanti altri uomini contro di noi. Gettarono una rete su Leif, incatenandolo. Lui lottò per liberarsi quanto poté, ma soprattutto lottò per non perdere il controllo. Durante l'ultima battaglia, cinque di noi non erano più riusciti a tornare normali. Cinque di noi avevano perso la testa nell'ira della Bestia.

Erano stati gli Alpha a porre fine alla loro miseria—gli avevano strappato via il cuore fuori dal petto. Soltanto un Berserker può uccidere un altro Berserker.

Guardai il gigante provare ad andare contro Leif, e combattei al suo fianco. L'ascia del gigante provò a scendere giù verso di noi tante volte, ma io continuai a bloccare i corpi. La spada di Leif tagliò la rete, staccando la testa del gigante. Lui mi aveva salvato la vita. Io avevo salvato la sua. Il legame si formò in quel momento, e ci legò insieme per sempre. Il mio nemico, il mio compagno d'armi che io odiavo, adesso poteva entrare nella mia testa e leggere tutti i miei pensieri.

Brokk, torna indietro. La supplica suonava così lontana, così bassa, che avrebbe potuto essere nient'altro che un riverbero, la mia stessa testa a giocarmi brutti scherzi. *Ti prego, Brokk, abbiamo bisogno di te. Non possiamo sopravvivere senza di te.* Bugie. Erano tutte bugie.

Camminai sull'erba soffice e piena di fiori, e la chiamata di Leif si fece lontana. Avrei potuto correre di nuovo verso la montagna, e provare a chiamare gli Alpha. Gli avrei chiesto di farmi scendere in battaglia, di andare a cercare gli Uomini Grigi e ucciderne quanti più riuscissi ad ucciderne prima di morire. Willow sarebbe stata bene, da sola con Leif. Forse era per questo che era possibile creare un legame così, in tre—se uno dei due Berserker moriva, almeno l'altro aveva la sua compagna con cui stare bene.

Con cui non perdere la testa.

Brokk... no...

Dalla collina più alta, guardai la nebbia farsi più vicina. Strinsi gli occhi, perché quella volta c'era qualcosa che non andava, nella sua traiettoria.

Si stava avvicinando alle rovine.

In un attimo capii.

Non avrei avuto bisogno di chiedere di andare dal nemico… perché, nella mia distrazione, il nemico si era fatto strada verso di me.

* * *

Corsi più veloce che potessi. La nebbia si chiudeva attorno a me come un pugno. A volte mi sembrava di soffocare come fosse fumo, ma continuai ad andare avanti, provando a raggiungere Leif. *Fratello? Dove sei? Porta Willow via da lì!*

La torre spezzata era adesso visibile ai miei occhi, e fu allora che sentii l'urlo farsi alto da lì: Willow era in pericolo.

Presi a correre più veloce, e arrivai lì in tempo per vedere Leif attaccare.

Chiusa in un angolo, Willow aveva in mano un ramo che aveva preso dal fuoco. Urlò di nuovo, brandendo quella sua arma al mostro che Leif era diventato.

«No, Leif!» urlai, avanzando verso Willow. Aprii il legame tra di noi. *Non perdere il controllo adesso, fratello. Non ora. Abbiamo aspettato così tanto...*

Provando a proteggersi, Willow fece oscillare il ramo verso il mostro, e Leif lo afferrò di scatto, tirandolo via dalle sue mani. Gli artigli si allungarono nelle sue dita, pronti a rendere la sua carne nulla se non brandelli. Non aspettai un secondo di più.

Gli andai addosso, la forza dell'impatto a far tremare la terra delle rovine. Finimmo per rotolare per terra, ringhiando l'uno contro l'altro. L'aria intorno a noi sembrò scoppiettare mentre combattevo contro Leif, e contro la Trasformazione. La nebbia sembrava essere arrivata ad ogni angolo, coprendo il cerchio come fosse una coperta. Il Re Cadavere stava controllando il tempo, e, temevo, anche la mente di Leif.

«Willow!» urlai, cercando di tenere fermo il mio guerriero fratello, nient'altro che pazzia a bruciare in quei suoi occhi dorati.

Gli artigli di Leif si alzarono verso di me, toccando la mia spazza, lasciando tagli insanguinati per tutto il mio braccio. Io guaì di dolore, e la Bestia prese il sopravvento.

WILLOW

$\mathcal{M}$i strinsi contro la parete, premendo sulla pietra così forte da farmi male.

«Vai!» ordinò Brokk, ma io non riuscivo a muovermi. Lui si abbassava e si alzava, cercando di allontanare Leif, di tenerlo lontano da me. Io urlai quando la Bestia nera che una volta era stato Leif si buttò contro Brokk, facendolo cadere di schiena sotto di lui. Le gambe muscolose di Brokk si alzarono, scalciando, portando Leif a volare dentro la nebbia fitta, lontano dai miei occhi.

«La nebbia» urlò Brokk. «È il Re Cadavere, è lui che l'ha mandata. Ha attaccato la mente di Leif!» Il suo viso umano era sparito, la mascella ora era allungata, il pelo a ricoprire la sua pelle mentre si trasformava in mostro. «La Bestia» urlò. «Corri, Willow!»

Il ringhio di Leif rimbombò dentro il cerchio. Io mi alzai e corsi, ignorando il guaito addolorato di un predatore che perde la sua preda.

Disobbedii agli ordini soltanto una volta, fermando a guardare indietro. Sulle pareti del castello, i due uomini erano fermi in posizione di combattimento, e la nebbia ruotava intorno a loro. Erano ugualmente alti, ugualmente forti. Erano pari in tutto. Qualcuno sarebbe caduto, in questa battaglia, e sarebbe stato uno oppure entrambi.

Ed io sarei rimasta da sola. Da sola, come ero sempre stata, come mamma mi aveva lasciata. Da sola, per sempre. Se anche avessi trovato la strada di ritorno al convento, sarei rimasta lì a vivere tra le rovine e un villaggio spoglio e massacrato...

Il Re Cadavere... attacca la mente. Quelli non erano i miei pensieri. E se lo erano, la disperazione in essi non era mia. La scacciai via con tutta la forza che avevo.

La mia mente si fece spoglia e lucida un'altra volta.

Ben fatto, Willow, disse la dolce voce della Donna del Lago. L'acqua—era riuscita a fermare gli Uomini Grigi. Forse avrei potuto trovare riparo lì.

La nebbia mi seguì, scendendo verso di me come nuvole. Mi prese, ed io presi a tossire quando s'infiltrò dentro la mia gola, dentro il mio naso.

Dietro di me, un ululato agghiacciante riverberò dall'alto.

Presto, Willow. Vai al lago.

Con quel nuovo obiettivo, presi a correre, inciampando su qualche carcassa d'uccello sulla sabbia. La nebbia sembrava prendere e rovinare tutto ciò che toccava. Togliendomi i vestiti di dosso, corsi dentro l'acqua, buttandomici dentro.

* * *

L'ACQUA SI DIVISE, anche se intenta a riflettere i terribili eventi che stavano succedendo a riva—due uomini, più stretti di due normali fratelli, che combattevano l'uno contro l'altro. Stava succedendo la cosa peggiore; avevano perso il controllo. Il Re Cadavere si stava assicurando di uccidere i miei due guardiani, i miei due protettori, e poi sarebbe venuto per me.

Quasi urlai quando il mio piede tocco terreno. Striscia sulla riva della piccola isola circondata dalla nebbia, la stessa isola dei miei sogni.

La nebbia dall'altro lato non riuscì a seguirmi fino a lì, anche quando mi fermai contro una delle rocce. Tremavo di freddo. Dovevo trovare un modo per riscaldarmi. Mi ci vollero cento passi per raggiungere il centro dell'isola, vuoto se non per un po' di alberi e qualche ramo più basso. Non c'era nessun suono.

Mi spinsi tra i cespugli, e arrivai ad un cerchio di rocce, che sembravano circondare, rinchiudere un grande masso piano. Corsi verso di esso. La pietra sembrò cantare sotto il mio tocco, come fossi una vecchia amica di nuovo in visita, e mi riscaldò immediatamente. Mi chinai, bevendo dell'acqua dalla conca su di esso. Il liquido si mosse e poi si fece di nuovo rigido, ma quando tornò liscio, io lì dentro ci trovai la stessa donna che avevo visto nei miei sogni. Sembrava più giovane, ma era comunque lei.

«Aiutami, ti prego», la supplicai. «Non sono forte abbastanza per fermarli.»

«E questo chi te l'ha detto?» mi chiese lei, la voce una musica, dolce e stranamente familiare alle mie orecchie.

«Per favore. Si stanno facendo male a vicenda. Dammi qualcosa che possa utilizzare per combattere la nebbia che li sta facendo combattere.»

«La nebbia è un'arma soltanto nella vostra testa. Libera la tua mente di qualsiasi altra cosa che non sia l'amore, e trionferai.»

«Non so come si fa.»

«Sì che lo sai, Willow. Per tutta la tua vita non hai fatto

altro che desiderare questo amore. Non ti allontanare da esso. Abbraccialo.»

Il riflesso sembrò curvarsi in se stesso fino a sparire. Io sussultai. I due guerrieri erano di nuovo di fronte ai miei occhi, ma dall'acqua. Brokk cadde sulle sue ginocchia, e colpì in alto. Il guerriero dai capelli rossi si fermò, la bocca aperta in un urlo silenzioso. La Bestia si fece indietro, e gli occhi da uomo di Leif incontrarono quelli di suo fratello. Il viso di Brokk era una maschera terribile di fronte a lui, le braccia in avanti quasi in un abbraccio. Si alzò, e Leif cadde a terra davanti a lui. Il sangue sgorgava dalla sua bocca. Gli artigli di Brokk lo avevano perforato, un colpo fatale.

«No!» urlai, e mi allontanai dall'acqua. Basta nascondersi. Era arrivato il momento di fare qualcosa. Io appartenevo a quei guerrieri ed era al loro fianco che avrei dovuto stare, anche solo per dare la forza a Brokk di restare con Leif e guardarlo morire.

Senza neanche un pensiero a rimbombarmi in testa, soltanto in silenzio, corsi dentro l'acqua, la Luna ad illuminare il mio passaggio come se il lago fosse fatto non di acqua ma di terreno solido, di vetro. Corsi dritta verso di loro. La nebbia si allontanò, facendomi spazio, liberando il mio passaggio.

Il legame, Willow. Connettiti a loro.

Aprii la mia mente. Un secondo dopo, tutto il dolore dei miei guerrieri si riversò su di me. Agonia pura. Ci volle qualche secondo per capire che no, tutto quel dolore non era di entrambi. Non c'era Leif. C'era solo Brokk.

Perdonami, fratello mio, sentii la sua voce sussurrare nella mia testa. Il guerriero dall'espressione sempre testa si inginocchiò di fronte a suo fratello.

«L'hai salvata» disse Leif, e il sangue sgorgò copioso dalle sue labbra. I suoi capelli erano bagnati, inzuppati di sangue.

Corsi verso di lui. «Oh no» singhiozzai. Così vicino, la ferita di Leif sembrava ancora più brutta. Il sangue sgorgava da entrambi. Le mani di Brokk erano sporche di sangue, sangue nero come il cuore di una rosa. I suoi artigli erano andati così in fondo da essere stati quasi in grado di strappare il cuore di Leif fuori dal suo petto. Quale uomo avrebbe mai potuto sopravvivere una ferita di tale portata? M'inginocchiai al suo lato, la mia mano a coprire immediatamente la ferita. «No, no!»

«Mi dispiace» disse Leif, un angolo delle sue labbra ad alzarsi, come in un sorriso.

«Non dirlo nemmeno, sh» dissi subito, singhiozzando. La nebbia era ancora intorno a noi, ma sembrava allontanarsi, un vento gelido a mandarla via. La neve prese a cadere dal Cielo, un tempo stranissimo, adatto per un mondo che aveva perso la testa.

Brokk... ti ho fatto un torto, tanti anni fa, disse la voce di Leif nella mia testa, anche se le sue labbra non si mossero.

Brokk scosse la testa.

La tua donna neanche mi voleva. L'unica cosa che voleva era renderti geloso. È per questo che mi ha sedotto. Ed io ero troppo debole... Gli occhi di Leif si spalancarono, e lui prese a respirare dolorosamente.

«È dimenticato, fratello. È perdonato. Ti ho tenuto il muso per troppo tempo. E mi dispiace. Ti chiedo scusa.»

Non chiudere il tuo cuore all'amore, Brokk. Ti prego, disse. *Non chiudetelo, nessuno dei due,* disse poi ad entrambi. *Promettetemelo.*

«Fratello, per favore» pianse Brokk, inginocchiandosi. «Non puoi morire. Non morirai! Vedrai, adesso comincerai a guarire. Ho aperto il legame... ho... ti sto dando la mia forza, io... sarà abbastanza per salvarti. Vedrai» disse, disperato.

Tieni Willow al sicuro, okay?

«No, Leif! Resta con me!» Le mie mani erano troppo piccolo per quella ferita troppo grande. Non riuscivo a fermare la fuoriuscita del sangue. «Aiuto!» urlai. «Ci serve aiuto, per favore!»

«Beh... se questa non è proprio una bella immagine.» Una donna dai capelli biondi sbucò fuori dalla nebbia, camminando con calma. Così lontana, aveva l'aria di essere bassa e dall'aspetto normale. Almeno fino a quando non si fece più vicina; la sua faccia era innaturalmente bella e perfetta, la sua espressione simile ad una maschera.

«Chi sei?» sibilò Brokk, e si lanciò verso di lei.

Un gesto della mano, e la donna sembrò pietrificare Brokk sul posto.

«Stai lontano» ululò lui, ma non riuscì a fare nient'altro. Sembrava incapace di muoversi.

Spinsi il mio corpo su quello di Leif. «No!»

«Vieni, Willow.» La donna si avvicinò a me. «Sono venuta qui per aiutarti. Fammi vedere la ferita.»

La vita di Leif stava andando via con ogni secondo che passava. Non avrebbe fatto male, farle vedere la ferita. Non poteva ucciderlo due volte.

«Chi sei?» gracchiai, spaventata.

«È la strega. Yseult» mi rispose Brokk. La sua rabbia sembrava essere svanita. «Gli Alpha l'hanno mandata da noi. Puoi aiutarlo?»

«Tu sei stato abbastanza bravo ad ucciderlo», scattò lei. Scosse la testa, come arrabbiata. «Io non posso fare niente. Sei solo tu che puoi salvarlo», disse a Brokk.

Lui corse di nuovo da noi, inginocchiandosi di fronte a suo fratello. «Dimmi come e lo farò.»

«Devi dargli il sangue del tuo cuore. Allo stesso modo in cui lo faresti per trasformarlo. Rafforzerà il legame tra di voi, e lui potrà utilizzare quella forza per guarire.»

«È la tua ultima occasione per liberarti... di me» disse

Leif, aggrappandosi al suo braccio. Brokk scostò la mano del suo compagno via dal suo braccio come se non fosse nulla.

Lo guardò dritto negli occhi, dolore e amore insieme. «E provare a corteggiare Willow senza la tua brutta faccia intorno? Accanto a te sembro un po' più bello, mi servi.»

«Dobbiamo fare in fretta», avvertì la strega.

Io strinsi le palpebre quando vidi Brokk far uscire gli artigli e direzionarli dritti sul suo cuore.

Yseult, invece, tenne gli occhi ben premuti sulla scena, eccitata e contenta. «Alzalo, fagli bere il tuo sangue» disse, leccandosi le labbra.

«Per favore» la supplicai, guardandola. «Per favore, non farmi perdere entrambi…»

«Non li perderai.»

I singhiozzi mi scossero. Brokk si abbassò su Leif, un braccio sotto di lui, a tenerlo fermo in quell'abbraccio finale.

La nebbia si avvicinò a noi, gli artigli pronti a prenderti, ma si allontanarono quando toccarono la strega.

Alla fine, lei si alzò, ed io mi diedi una scossa mentalmente, ricordandomi di respirare. «È tutto fatto.»

Brokk si staccò da Leif e rotolò per terra, il volto verso Leif.

«È—» cominciai, ma non riuscii a finire la domanda.

Yseult mi fece cenno di guardare Leif. «Controlla tu stessa.»

Sotto i vestiti insanguinati, la ferita di Leif sembrava essersi chiusa. Il guerriero ferito sembrava essere ancora scosso dai singhiozzi, ma il suo viso aveva perso il pallore della morte che lo aveva preso fino a qualche secondo prima.

«Fratello» gracchiò Brokk, senza forse. La sua ferita si era già rimarginata. Io presi a singhiozzare più forte quando vidi le lacrime nei suoi occhi.

L'aria sembrava essersi fatta spessa e ferma.

«Vieni, Willow» mi disse la strega. «Lasciamoli soli per qualche momento. Cammina con me.»

Io mi alzai, e poi mi feci immediatamente rigida. Migliaia di piccoli fiocchi di neve erano rimasti sospesi nell'aria, come bloccati. Ne toccai uno, e lui si disfece immediatamente sotto il mio tocco. Il resto continuò la sua caduta verso il basso con incredibile lentezza.

Il tempo si era fermato. «Yseult... hai...?»

«Mi sono assicurata che Brokk riuscisse a salvare suo fratello in tempo. Ha fatto tutto lui... ma con un piccolo aiuto. Vieni.»

Con riluttanza, lasciai i guerrieri e camminai con la strega fino al bordo del lago.

«Avranno bisogno di te» mi disse lei. «Perché continueranno a litigare, almeno un po'. Il Re Cadavere riesce ad attaccare soltanto una mente debole. La tua forza, la magia del legame che vi unisce... saranno solo queste due cose a tenerli in forza.»

Deglutii a fatica, cercando di trovare il modo di chiederle come pensava che potessi aiutare i guerrieri in quel modo.

«Allo stesso tempo», continuò Yseult. «Fossi in voi, non resterei qui per più di una notte e un giorno. Non di più, perché il nemico adesso sa dove siete, e potrebbe mandare molto presto i suoi servitori.»

«Allora il Re Cadavere è vicino?»

«È ancora legato alla sua tomba, ma il suo potere si sta facendo più forte. Non ho il coraggio di avvicinarmi al suo territorio per scoprire *quanto* forte adesso sia. Riuscirebbe ad afferrarmi e a farmi sua, ad assorbire la mia essenza. Anche adesso, non posso restare ancora a lungo.»

«Stai andando via? E che ne sarà della nebbia?»

«Tu sei tutto ciò che ti serve per mandarla via. La tua paura, la tua disperazione la nutre. La nebbia è riuscita a far uscir fuori da loro la Bestia perché il mostro dentro di loro cerca di proteggerli in situazioni di pericolo, con la sua rabbia.»

«Ma... la Bestia non li protegge per niente. Gli fa solo perdere il controllo.»

«Avere troppa forza molte volte è una debolezza. Dovrai essere tu ad insegnare loro a calmare la Bestia.»

«I—io?»

«C'è soltanto una cosa che loro condividono, soltanto una cosa a cui loro tengono sopra qualsiasi altra.»

«E cos'è?» Mi chiesi se per caso non stesse parlando di un oggetto, qualcosa che li legasse alla loro terra natia, o magari un'arma di inestimabile valore.

Yseult scosse la testa, guardando con impazienza. «Beh, ma è ovvio. Sei tu, Willow. Sei tu che loro vogliono più di qualsiasi altra cosa, il desiderio più nascosto, più voluto, sei tu che loro proteggeranno fino alla morte. E sei tu l'unica cosa che può guarire il legame tra di loro, renderlo più forte... e rendere voi tre, uno solo.»

Mi morsi il labbro.

«Il mio lavoro qui è finito.» Yseult scacciò la mano in maniera casuale, verso le rovine. Leif e Brokk erano ancora coricati nelle ombre. Brokk era piegato verso il guerriero dai capelli rossi, e aveva sua mano stretta tra le sue.

«Grazie» dissi alla strega. «Sono grata che tu sia venuta. Ma...» persi il respiro, e scossi la testa. «Come... come hai fatto a trovarci?»

«Mi hanno mandata gli Alpha. Ma sono riuscita a trovarvi dentro la nebbia grazie alla tua magica.»

«La mia... magia?»

«Sì.»

«Non ero io. Era la Dea» le dissi, parlandole della donna sull'isola.

«Quella non era la Dea» sorrise lei, un'espressione agghiacciante in quel viso sovrannaturale.

«E allora chi era?»

«Guarda.» Yseult prese il suo bastone, e lo sventolò sul bordo dell'acqua. Il tempo sembrò farsi di nuovo normale. La nebbia si allontanò, volando sulla foresta. «Guarda di nuovo dentro l'acqua» disse, puntando il bastone verso l'acqua nera.

Aggrottando la fronte, lo feci. Il vento faceva crespare l'acqua, ma sotto le piccole onde l'immagine era chiara. «Sì, è lei. La Donna del Lago.» Mi girai a guardare Yseult, ma lei era sparita.

Il riflesso ai miei piedi era quello della donna che avevo incontrato sull'isola, che aveva condiviso con me la sua saggezza e la sua forza. Ma quando girai di nuovo la testa a guardarla, capii cosa voleva dire Yseult.

La donna aveva i capelli neri, gli occhi verdi, ed un potere immenso.

E quella donna ero io.

* * *

«WILLOW», mi richiamò Brokk. Io camminai verso di lui, poggiando la mano sulla ferita ormai guarita sul suo petto prima di girarmi verso Leif. Il guerriero era ancora poggiato sulla schiena, ora vicino ad una delle pietre, ma il colore era tornato sul suo viso. La sua pelle aveva ancora i segni del colpo fatale di Brokk. Mi inginocchiai accanto a lui. Brokk mi strinse a sé mentre Leif mi accarezzava i capelli. Restarono in silenzio, tutti e tre restammo in silenzio in quella posizione per un po', fino a quando non mi alzai.

«La strega è andata via?»

«Yseult è andata via, sì.» Dissi loro ciò che lei mi aveva detto.

«Dobbiamo lasciare questo posto presto» disse Leif. Provando ad alzarsi. Sembrava di nuovo se stesso, togliendo i vestiti rovinati e la pelle ancora macchiata di sangue.

«Non così in fretta, fratello» disse Brokk. «Devi riposare, adesso.»

«Ma posso viaggiare!» protestò lui, come un bambino, ma Brokk scosse la testa.

«Sono stanco anch'io. Troviamo un posto sicuro dove restare per la notte. E poi, se permetti, vorrei passare un po' di tempo da soli soltanto noi tre, per rafforzare il nostro legame.» Mentre lo diceva, girò lo sguardo verso di me, la fame ad illuminargli gli occhi.

«Ah, sì, fratello» disse Leif ridacchiando, mostrando i suoi canini. «Dove dovremmo fermarci per la notte?»

«Conosco un posto» dissi io, e facendo strada ai miei guerrieri li portai al lago, e oltre esso. Li portai nella piccola isola che era apparsa da dentro la nebbia.

Il viaggio a nuoto fu lungo e freddo, reso più lento dai guerrieri che portavano in mano gli zaini, cercando di non farli bagnare. Ma, almeno, quando uscimmo fuori dall'acqua eravamo tutti e tre puliti, il sangue un ricordo lontano. Leif smise di lamentarsi del freddo quando gli feci notare che avremmo potuto liberarci dei nostri vestiti per asciugarci più in fretta. Lui e Brokk sembravano essere parecchio contenti dell'idea di sedere tutti e tre insieme nudi di fronte al fuoco.

E anche a me piaceva, parecchio.

«Guardala, fratello» mormorò Leif, una volta seduti di fronte al fuoco, le fiamme ad illuminargli gli occhi. «Non è bellissima?»

«Eccome se lo è» rispose Brokk. «Ed è nostra.» Gettò un altro po' di legna sul fuoco, poi si pulì le mani. «Vieni qui, Willow.»

La luce del fuoco giocava sui miei seni e sulle mie gambe

mentre mi avvicinai. Camminai tra di loro, lasciando i miei fianchi danzare ad ogni passo, catturando i loro occhi.

«Ammaliatrice» gemette Brokk, e quando mi feci abbastanza vicina lui mi afferrò, le sue mani ruvide a stringere la mia vita, i suoi pollici a spingere sui miei seni. Aspettai, ma lui non disse nient'altro. Si limitò ad abbassare la testa e a poggiare le labbra sui miei capezzoli turgidi. Io strinsi le mani tra i suoi capelli, spingendolo e tenendolo fermo sul mio petto mentre lui riscaldava la mia pelle con il suo respiro, con la sua bocca.

È questo che vuoi? sussurrò lui nella mia testa.

«Sì» respirai in risposta. La mia testa cadde indietro quando sentii i suoi denti strisciare con dolcezza sulla mia pelle, mordendomi, non abbastanza da far uscire sangue. La sua lingua leccò subito dopo, come per alleviare il dolore. Poi passò all'altro seno.

Le ginocchia tremanti e deboli, mi lasciai andare contro il suo petto duro. Le braccia di Leif si chiusero intorno al mio corpo, tenendomi in piedi.

«Stanotte ti reclameremo, Willow.» La sua lingua toccò il mio orecchio, tracciandone i bordi. *Ci supplicherai di scoparti, di tenerti, di non lasciarti andare mai più.*

Io mossi la testa, prendendomi le sue labbra, una mano stretta tra i capelli di Brokk, a tenerlo ancorato al mio petto, l'altra a districarsi tra i capelli di Leif per spingerlo sulla mia bocca. Il suo cazzo si spinse sul mio culo, facendomi tremare.

«Vieni, Willow.» Brokk cadde sulle pellicce, ed io caddi con lui, sopra di lui. Leif ci seguì, inginocchiandosi dietro di me. Ci muovemmo con fluidità, come fossimo un corpo solo invece che tre.

Le dita di Brokk scivolarono tra le mie labbra inferiori, dentro di me, rendendomi pronta, e io non aspettai neanche un secondo prima di scendere sulla sua asta grossa e dura. Mi morsi le labbra, gemendo con voce bassa mentre Brokk entrava in profondità dentro di me.

«Brava bambina» disse Leif, accarezzandomi la schiena.

Non avevo parole. Non me ne serviva alcuna. Brokk ed io ci baciammo, mentre Leif portava i miei umori a bagnare il mio ano. Anche solo un dito mi faceva rabbrividire, la bocca aperta come se la sensazione fosse troppa da gestire. Brokk mi studiò.

«Stanotte ci prenderai entrambi» mi disse, stringendo con forza i miei capezzoli. Io mi strinsi sul suo cazzo.

«Ferma» disse Leif, tenendomi, spingendomi contro Brokk per stuzzicare la mia seconda entrata. «È stretta», disse a suo fratello.

«Dovrà indossare il plug più spesso, per essere pronta per noi.»

Io mi lamentai.

«E la cintura di metallo» aggiunse, per tormentarmi.

Io mossi i fianchi contro di lui, scopandolo, stringendo le mie pareti sul suo cazzo per distrarlo dai suoi piani malvagi.

«Le piace. È inutile che provi a convincerci del contrario, Willow. Ti piace, perché mi hai appena bagnato il cazzo ancora di più, al solo pensiero.»

«Spingi contro le mie dita, bimba» disse Leif, e in un attimo mi penetrò l'ano, spingendo con forza fino a quando io mi ritrovai senza fiato a quella sensazione. La mia testa prese a muoversi, avanti e indietro. Non riuscivo a pensare, non riuscivo a respirare, non riuscivo a muovermi con quel cazzo grosso e duro dentro la mia vagina e le tre dita di Leif dentro il mio culo. Quando le portò via per rimpiazzarle con il suo cazzo, io urlai.

«Calma» disse Brokk. «Non ti faremo del male.»

Il respiro lasciò le mie labbra tremolante. Leif si spinse dentro di me. I due cazzi premettero le mie pareti insieme, facendomi perdere la testa.

«Per tutti gli Dei», gemette Brokk.

«Stai bene, Willow?» mormorò Leif.

I miei capezzoli erano dolorosamente turgidi, il mio intero essere pronto e pulsante. I miei uomini erano entrambi dentro di me, ma... io volevo di più. «Scopatemi...» pregai allora.

Leif rispose a quella mia supplica con una spinta che mi portò contro il petto di Brokk con forza. Le braccia del guerriero si strinsero intorno al mio corpo, tenendomi ferma mentre il guerriero dai capelli rossi mi scopava con tutta la violenza che voleva, facendomi male. Brokk mi tenne ferma, mi fece calmare, mi strinse a sé.

E poi i denti si spinsero dentro la carne del mio collo, e altri due sulla mia schiena. Con il dolore, il piacere s'intensificò a dismisura, esplodendo con forza dentro di me così tanto da farmi tremare come una foglia, portando al limite i miei uomini. Uno alla volta, entrambi vennero, e il loro piacere mi investì completamente da dentro il legame. Persi il respiro, annegando dentro quella sensazione, e fu la mia fine.

Con un ululato, gli uomini mi riempirono dei loro semi. Continuammo a lasciarci andare al piacere ancora e ancora, il legame una luce bianca e accecante che continuava a farsi più intensa ad ogni orgasmo.

Quando finimmo, accarezzai le labbra di Brokk prima di baciarle con dolcezza, chiedendomi come fosse possibile che ancora fossimo in vita. *È stato tutto reale?* chiesi.

Sì, mi disse lui, baciandomi. *È tutto reale. E sarà per sempre.*

Ti sento, Willow, disse Leif, lasciando piccoli morsi sul mio collo sudato. *Ti sento dentro di me. Sento entrambi.*

Brokk sorrise.

Il venticello fresco portò sollievo alle nostre pelli accaldate, e loro si diedero un attimo per riprendere fiato, prima di cominciare di nuovo, prima di rendere il nostro legame ancora più forte.

E quando alla fine smettemmo, ci addormentammo insieme in un abbraccio, sotto i rami del salice piangente che sembrava vegliare su di noi come una mamma veglia sopra i suoi figli.

LIBRO GRATUITO

Ricevi un libro segreto sui Berserker, "Allevata dai Berserker"
(solo per i fan più accaniti sulla lista e-mail di Lee=)
Vai qui per cominciare… https://geni.us/BredBerserkersIT

LA SAGA DEI BERSERKER

Per più di un secolo, i guerrieri Berserker hanno combattuto e uccido per i re. Ma c'è un solo nemico che non possono sconfiggere: la bestia dentro di sé.

Venduta ai Berserker
Accoppiata ai Berserker

Allevata dai Berserker (solo per i fan più accaniti sulla lista e-mail di Lee=)

Presa dai Berserker
Data ai Berserker
Rivendicata dai Berserker

LE SPOSE BERSERKER

Salvata dai Berserker
Catturata dai Berserker
Rapita dai Berserker
Legata ai Berserker
Piccoli Berseker
Posseduta dai Berserker
La Notte dei Berserker
Domata dai Berserker
Comandata dai Berserkers

I GUERRIERI BERSERKER

Ægir
Siebold

ALTRO DI LEE SAVINO

*R*omanzo Paranormale

LA SAGA DEI BERSERKER. Questi valorosi guerrieri non si fermeranno di fronte a niente per rivendicare le loro compagne...Comincia con Venduta ai Berserker

ALFA RIBELLI, con Renee Rose (cattivi ragazzi licantropi) – comincia con Tentazione Alfa.

ROMANZI CONTEMPORANEI

IL MIO DADDY È Un Marine

SU LEE SAVINO

*L*ee Savino, scrittrice di successo dello USA Today, scrive libri incentrati principalmente su storie d'amore "smexy". *Smexy* è una combinazione di "smart" e "sexy", quindi Sexy e Intelligente, esattamente come i suoi personaggi. Trovala sul gruppo Facebook "Goddess Group" e scarica il suo libro gratis su www.leesavino.com!

Se non sei ancora sazio di ménage, dai un'occhiata alla serie Draekon! Se vuoi altri licantropi sexy, invece, dai un'occhiata alla sua serie chiamata Alpha. Lee ha scritto molti libri, ma queste due saghe dovrebbero tenerti impegnato per un bel po'!

Puoi trovarla su:
www.leesavino.com

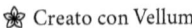